La
Maison et le Parc
de
Watteau

par

ÉMILE BRISSON

Maire de Nogent-sur-Marne

NOGENT-SUR-MARNE

Imprimerie Veuve Montaigue

4, Rue Edmond-Vitry, 4

La Maison et le Parc de Watteau

PAR

Emile BRISSON

Maire de Nogent-sur-Marne

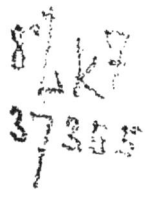

IMPRIMERIE Vᵛᵉ MONTAIGÜE

4, Rue Edmond-Vitry

NOGENT-SUR-MARNE

PRÉFACE

M. Adrien Mithouard, conseiller municipal de Paris, se faisant à la tribune du Conseil général de la Seine le défenseur des intérêts de Mme veuve Smith, de Nogent-sur-Marne, a prononcé, le 10 février 1909, un discours qui est inséré au *Bulletin Municipal Officiel de la Ville de Paris* du 11 février et dont nous extrayons les passages suivants relatifs au séjour et au décès, à Nogent-sur-Marne, du célèbre peintre Watteau :

« M. ADRIEN MITHOUARD. — Messieurs, vous me per-
« mettrez de trouver étrange que, dans cette session
« *exclusivement provoquée pour la discussion de l'af-*
« *faire des tramways ou de toute autre affaire exception-*
« *nellement urgente*, on présente la rectification de la
« route départementale n° 20, à Nogent-sur-Marne et au
« Perreux, comme étant de celles qui ne peuvent
« attendre.

« *Il faudrait voir s'il n'y a pas là-dessous quelque*
« *malice*.

« Les objections, en effet, que soulève cette rectifica-
« tion ne sont pas de si minime importance que cette
« rectification aille ainsi tout droit.

« Cette opération aurait pour effet de gâter un des
« plus beaux paysages des environs de Paris *et de mor-*
« *celer une propriété historique dans laquelle est mort*

« *Watteau et dans laquelle il a peint ses dernières*
« *œuvres*, avec ce surcroît de vie et de sensibilité que
« donne à un artiste le sentiment de sa mort prochaine.
« Ce souvenir gênait quelques-uns. Qu'à cela ne
« tienne. *Ils se sont mis à contester que Watteau fût*
« *venu dans cette propriété*, et l'on a vu des érudits
« improvisés, des érudits de la dernière heure nier l'his-
« toire, pour changer la géographie de leur commune.
« *La vérité est que Watteau est bien venu mourir*
« *dans cette propriété. Cela est attesté par les contem-*
« *porains, par l'abbé Lebeuf, par M. de Jussienne, qui*
« *a laissé une note manuscrite; par les historiographes*
« *les plus autorisés de Watteau, Jules de Goncourt et*
« *M. Cousin.* On prétend qu'il est mort dans une pro-
« priété voisine : il n'y a qu'un malheur, c'est que nous
« possédons une gravure du temps, qui représente,
« comme étant la maison où est mort Watteau, la mai-
« son contre laquelle s'acharne aujourd'hui l'érudition
« nogentaise. Seulement quand on fait une manœuvre
« de la dernière heure, on ne saurait penser à tout :
« L'autre maison, celle qu'on veut nous donner aujour-
« d'hui comme la vraie maison de Watteau, est aussi
« menacée que le projet qu'on veut nous faire voter!
« Je vous le disais bien; il s'agit d'une rectification,
« non pas de celle de la route n° 20, mais d'une rectifi-
« cation historique. Tout de même celle-là est un peu
« trop forte. Je sais que ce n'est pas ici le lieu de pro-
« longer une telle discussion. Tout de même il n'était
« pas bon de laisser se propager des erreurs, fussent-
« elles profitables à la viabilité du Département.

. . . .

« Vous n'ignorez pas, Messieurs, qu'il existe depuis
« deux ans, dans tous les départements, une commis-
« sion des sites et monuments qui a reçu pour mission

« de procéder au classement des propriétés dont la con-
« servation lui paraît désirable. Elle dresse une liste
« de celles qui rentrent dans cette catégorie. Le préfet,
« à qui cette liste est transmise, demande aux proprié-
« taires s'ils consentent à conserver les lieux en l'état
« et c'est le cas en l'espèce. La proposition est alors
« transmise au ministre, qui prend un arrêté.

« Cette commission, qui fonctionne dans la Seine
« comme dans tous les autres départements, s'est réu-
« nie le 24 novembre dernier et le dossier a été transmis
« il y a quelques jours seulement au Sous-Secrétariat
« d'Etat des Beaux-Arts. Et je trouve, quant à moi,
« assez extraordinaire la situation dans laquelle se
« trouve placée l'administration départementale, qui,
« d'une part, nous soumet un projet de morcellement
« de la propriété en question et en même temps trans-
« met au ministre une proposition tendant à rendre
« intangible cette même propriété.

« La vérité, c'est qu'on veut impressionner le ministre
« par une délibération prise et le mettre en présence
« d'une sorte de fait accompli.

« Il y a autre chose. Le 6 novembre, M. le Ministre
« de l'Instruction publique a reçu la lettre suivante :

« Monsieur le Ministre,

« *Désirant assurer la conservation de ma propriété,*
« *16, rue Charles VII, à Nogent-sur-Marne, maison*
« *dont l'architecture est restée presque intacte et où*
« *Watteau peignit et mourut,* j'ai demandé à M. Du-
« jardin-Beaumetz le classement de la maison et du
« parc. Si, par ce classement, nous obtenons la perpé-
« tuité de leur conservation dans l'état actuel, mon
« intention est d'y installer un musée que j'offre de
« léguer à l'Etat avec ma propriété, en en réservant

0

« toutefois l'usufruit à mes enfants. Ce musée compren-
« drait, outre les tableaux que je possède, la précieuse
« bibliothèque de mon frère Auguste Lesouëf.

« Recevez, je vous prie, Monsieur le Ministre, l'assu-
« rance de ma plus haute considération.

« Veuve SMITH.

« Le 6 novembre 1908. »

« Il y a donc là, vous le voyez, Messieurs, une lutte
« sourde entre l'Administration qui est gênée par des
« éléments qu'elle désirerait ignorer et une généreuse
« donatrice qui ne peut arriver à convaincre ceux dont
« son geste touchant a contrarié les intérêts. »

M. Mithouard nous permettra, « *sans qu'il y ait là-
dessous quelque malice* », de répondre au premier paragraphe de son discours par la publication du texte
extrait du compte rendu de la séance du Conseil général de la Seine en date du 23 décembre 1908 — à laquelle il assistait — et publié dans le *Bulletin Municipal Officiel de la Ville de Paris* le 25 décembre suivant :

« 74. — AJOURNEMENT A LA SESSION DE JANVIER D'UN
« RAPPORT DE M. BLANCHON.

« M. LE PRÉSIDENT. — La parole est à M. Blanchon
« pour présenter son rapport imprimé sur une rectifi-
« cation de la route départementale n° 20 dans la traver-
« sée de Nogent.

« M. BLANCHON, rapporteur. — Mon rapport nécessi-
« terait une discussion un peu longue. Etant donné le
« peu de temps qui nous reste, d'accord avec l'Adminis-
« tration, je demande à nos collègues de renvoyer l'af-
« faire à la session de janvier, et de la mettre en tête
« de l'ordre du jour.

« M. le Directeur des Affaires départementales. —
« La session extraordinaire de janvier est, comme vous
« le savez, Messieurs, spécialement réservée à la ques-
« tion des tramways. Néanmoins, si le Conseil général
« en exprime le désir, M. le Préfet ne fera pas d'objec-
« tion à ce que le rapport de M. Blanchon vienne excep-
« tionnellement à cette session spéciale.

« M. le Président. — Il est certaines questions dont
« la solution est nécessaire et qui pourraient être réso-
« lues dans la session de janvier et de février.

« L'ajournement à la session de janvier est pro-
« noncé. »

Nous continuerons à opposer aux affirmations de
M. Mithouard des textes précis et des faits indiscutables.

Cette brochure, qui est le résultat de longues recherches et de nombreuses démarches faites aux Archives
nationales, aux Archives de la Seine, au 10° Bureau
des Hypothèques et dans un grand nombre d'études de
notaires, n'a pu être publiée pour la session extraordinaire du Conseil général de février 1909.

Cependant, une feuille de renseignements prouvant
que la propriété où Watteau passa les derniers mois de
sa vie et où il mourut en 1721 n'est pas celle de
Mme Smith a été remise (*manœuvre de la dernière
heure, a dit M. Mithouard*), avant la séance du 10 février, aux conseillers généraux, par plusieurs de leurs
collègues de la banlieue.

Le lecteur comparera nos arguments « *d'érudits improvisés, d'érudits de la dernière heure* » avec ceux
des adversaires de la rectification de la route départementale n° 20, défenseurs de la mémoire de Watteau
pour la circonstance.

Nous exprimons notre vive reconnaissance aux notaires, aux archivistes et à toutes les personnes qui nous

ont procuré les renseignements nous ayant permis de prouver, d'une manière absolument irréfutable, que le grand peintre Watteau n'a point habité la maison située rue Charles VII, nº 16, et qu'il n'y est point mort.

Nous remercions tout particulièrement M. Jobelin, secrétaire de la Mairie de Nogent-sur-Marne, qui nous a beaucoup aidé dans nos recherches.

Nogent-sur-Marne, le 10 février 1910.

EMILE BRISSON,

Maire de Nogent-sur-Marne,

Directeur honoraire d'Ecole primaire supérieure professionnelle,

Inspecteur régional de l'enseignement technique.

N. B. — Nous respecterons l'orthographe et la ponctuation des textes qui seront publiés dans cette brochure.

I

Nouveau Boulevard

ou Rectification de la Route Départementale n° 20

Nous rappellerons que le projet de rectification de la route départementale n° 20, dans la traversée de Nogent-sur-Marne et du Perreux, a été adopté par le Conseil général de la Seine, le 20 décembre 1902, et approuvé par le Parlement lors du vote de la loi en date du 12 février 1904, autorisant l'emprunt départemental de 200 millions.

Ce projet a été, après avis du Conseil général en date du 8 juillet 1908, soumis à Nogent-sur-Marne, au Perreux et à la Préfecture de la Seine, du 28 septembre 1908 au 19 octobre 1908, à l'enquête dite « d'utilité publique ».

35 personnes se sont présentées à la Mairie de Nogent-sur-Marne pour protester contre le projet et 80 pour en demander l'exécution.

Une pétition contre le projet, composée de feuillets imprimés réunis et contenant 437 signatures recueillies à domicile par un agent des auteurs de la protestation, a été déposée à la Mairie et jointe au dossier de l'enquête.

Plusieurs signataires de cette pétition ont également protesté à la Mairie et à la Préfecture.

Le 25 octobre 1908, le Conseil municipal, dans une délibération motivée (voir aux pièces annexées), approuvait le tracé ayant été soumis à l'enquête et demandait l'exécution du projet.

Le Conseil général, saisi de l'affaire le 23 décembre 1908, en remettait la discussion à sa prochaine session.

Le 10 février 1909, à la suite du discours de M. Mithouard, il renvoyait, par 60 voix contre 22, le projet à l'Administration pour de nouvelles études financières et pour l'étude d'un nouveau tracé.

Les protestations intéressées de la famille Smith avaient trouvé un écho dans la Presse, à la Commission du Vieux-Paris, à la Commission départementale des sites ainsi qu'au Conseil général de la Seine.

Il fallait à tout prix défendre la mémoire du grand peintre — ou plutôt la propriété Smith — contre le vandalisme du Conseil municipal de Nogent, et obtenir de l'Assemblée départementale le rejet du projet ou tout au moins un nouveau tracé en dehors de ladite propriété.

II

Nous reproduisons ci-après les protestations dont il s'agit.

Protestations inscrites aux registres d'enquête d'utilité publique.

1° Mme Smith, propriétaire à Nogent, 14 et 16, rue Charles VII, « attire l'attention sur le grand souvenir « artistique attaché au parc de la maison du 16, le « plus bel ornement de Nogent : *c'est dans cette mai-* « *son qu'est mort le peintre Watteau* (ainsi que vient « de le rappeler le Conseil municipal de Paris, par une « inscription posée en son honneur) (1), et c'est dans « ce parc, dont la beauté réside dans une perspective « formée d'une pelouse unique, de massifs d'arbres et « d'eaux, qu'il a peint ses dernières œuvres ».

2° M. Pierre Champion, gendre de Mme Smith, archi-viste paléographe, 16, rue Charles VII.

« Je proteste, à la suite de mon maître, Anatole « France, et de M. Pierre de Nolhac, conservateur du « musée de Versailles, contre la mutilation d'un do-« maine historique (*la maison de Watteau*) intacte de-

---

(1) Nous relevons ici une première inexactitude. Le Conseil municipal de Paris n'a jamais été appelé à déli-bérer sur l'opportunité de cette inscription. La question a été posée par Mme Smith au Comité des Inscriptions parisiennes qui l'étudia pour la première fois le 26 février 1907. Le Comité vérifia la date du décès du peintre, et le texte de l'inscription fut définitivement arrêté le 26 no-vembre suivant.

« puis le dix-huitième siècle, et dont le parc est rendu
« public (1) le dimanche, grâce à la libéralité de
« Mme Smith.

« Je proteste au nom de la beauté des sites et de la
« nécessité des espaces libres pour la santé publique.

« Je proteste contre ce qui serait un acte de vanda-
« lisme aux yeux des générations présentes et futures. »

3° M. Adr. de Villemereuil.

« Je, soussigné, membre du Comité directeur de la
« *Société pour la protection des paysages de France*,
« agissant au nom de ladite Société, dépose les obser-
« vations suivantes :

« Considérant que le projet présenté mutile de la
« façon la plus malheureuse une propriété qui fait par-
« tie de notre *patrimoine national en ce qui concerne*
« *l'histoire de l'art français* et qui, en outre, consti-
« tue un site d'une incomparable beauté (un de ceux
« qui disparaissent malheureusement tous les jours, par
« suite du morcellement de la propriété dans les envi-
« rons de Paris, par voie de lotissement) : la propriété
« Smith, *où mourut le peintre Watteau*, après en avoir
« tiré l'inspiration de quelques-unes de ses plus belles
« œuvres, d'autant plus que le projet prévoit, au mi-
« lieu du vallonnement qui forme le centre du parc,
« un remblai qui anéantirait la perspective, et, dans
« une autre partie, passerait justement sur une pièce
« d'eau. La *Société pour la protection des paysages de*
« *France* proteste énergiquement contre le projet et
« réclame au moins avec instances que le projet soit
« modifié de façon à respecter d'une manière absolue
« le domaine précité. »

———————+———————

(1) Depuis le 18 octobre 1908, et par conséquent pour les
besoins de la cause, aurait dû ajouter M. Champion.

III

Protestations de la Presse

Journal des Débats du 6 Novembre 1908
"En Flânant" par M. André Hallays.

« .... Après tant de ravages, Nogent n'a pourtant
« pas encore perdu toute grâce campagnarde. Des jar-
« dins couvrent le flanc du coteau entre la Grande-Rue
« du village et la Marne. Une vaste maison du dix-sep-
« tième siècle s'élève sur la hauteur, dominant les
« pelouses et les bouquets d'arbres d'un grand parc
« qui s'étend jusqu'aux berges de la rivière.
« Cette maison fut construite par M. Le Camus,,
« maréchal des camps et armées du roi, qui fit sculpter
« au-dessus de la porte des guirlandes de feuillage et
« des Renommées; dans son vestibule, des trophées à
« l'antique, de mystérieuses allégories, et un grand
« tableau en bas-relief qui représente le passage du
« Rhin. La propriété de M. Le Camus passa à M. Le
« Febvre, intendant et contrôleur général des affaires
« de la Chambre et Menus plaisirs de Sa Majesté, et
« plus tard à l'abbé de Pomponne.

« Dans les premiers mois de l'année 1721, l'abbé Ha-
« ranger, chanoine de Saint-Germain-l'Auxerrois, pria
« M. Le Febvre *de recevoir son ami Watteau dans la*
« *maison de Nogent.*

« L'intendant des menus accepta d'héberger l'artiste,
« et ce fut ainsi que *Watteau passa les derniers mois*
« de sa douloureuse existence dans une belle demeure,
« sur les bords de la Marne.

«..... La maison où mourut Watteau a été fâcheuse-
« ment remaniée au commencement du dix-neuvième
« siècle (1), mais elle garde, malgré tout, cette appa-
« rence de noble simplicité propre aux bâtiments du
« dix-septième siècle. Les élégantes sculptures mili-
« taires dont M. Le Camus l'avaient ornée sont intactes.
« Quant au parc, il nous offre un aspect différent de
« celui que Watteau avait sous les yeux.

« ..... Watteau ne s'y reconnaîtrait plus; mais on se
« demande si la métamorphose ne serait point de son
« goût.

« ..... La propriétaire du parc entend, ainsi que nous
« l'avons dit, tenir tête aux vandales (ici un renvoi :
« *La maison où mourut Watteau appartient à Mme*
« *Smith* qui, chaque dimanche, permet au public l'ac-
« cès du parc) (2). Elle vient donc d'adresser une double
« requête à l'Administration des Beaux-Arts et à la
« Préfecture de la Seine. Elle demande à l'une le clas-
« sement de sa maison comme monument historique
« et à la seconde le classement de son parc en vertu de
« la loi sur la protection des paysages.

(1) M. Champion, gendre de Mme Smith, a écrit, dans sa
protestation (voir page 11), que cette maison était intacte
depuis le XVIII⁵ siècle.

(2) Depuis le 18 octobre 1908 seulement.

« ..... On peut donc être assuré que la Commission
« s'empressera de classer *les arbres du parc de Wat-*
« *teau.....* »

Le *Petit Bleu*, le *Constitutionnel*, du 7 novembre 1908,
le *Radical*, le *National*, la *Petite Presse* du 8 novembre
1908, le *Petit Caporal* du 9 novembre 1908.

« La même Commission (1) a envisagé le projet près
« de réalisation du percement du parc *attenant à la*
« *maison de Watteau*, à Nogent-sur-Marne, pour la
« création d'une voie nouvelle. Elle a considéré que la
« propriétaire actuelle s'engageant à laisser accéder le
« public à ce parc tous les dimanches, le préfet de la
« Seine devait obtenir, à bref délai, la convocation de la
« Commission des sites pour qu'elle statue sur ce cas,
« et tout en conservant la beauté du paysage, en laisse
« la jouissance à la propriétaire et au public. »

Paris-Journal, le *Petit Parisien*, la *Petite République*
du 8 novembre 1908, le *Journal des Débats* et le *Gil
Blas* du 9 novembre 1908 publient une note de rédaction différente, mais semblable au fond.

L'*Eclair* du 11 novembre 1908 : « La Maison de Watteau » (sous la signature « Bruicour »).

« Il s'agit de sauver *la maison de Watteau*, ou, pour
« parler plus exactement, la maison dans laquelle *il*
« *passa les derniers mois de sa vie et où il mourut.*
« ..... Il y vint dans les premiers mois de l'année 1721,
« acceptant l'hospitalité que lui offrait M. Lefebvre,
« contrôleur des Menus-Plaisirs.
« ..... C'est la propriétaire de ce parc magnifique, qui
« est l'un des enchantements du coteau, et qui, tous les

(1) La Commission du Vieux-Paris.

« dimanches (1) s'ouvre libéralement à tous, qui veut le
« conserver intact et ne point y voir succéder d'uni-
« formes bâtisses ou passer des rues banales.

« Mme Smith, enfin, donnant une leçon à une muni-
« cipalité qui méconnaît ce qu'elle doit à un peu d'his-
« toire, grâce à un ravissant décor, demande le classe-
« ment de sa maison comme *monument historique*. Elle
« en fera ensuite un musée qu'elle emplira de précieu-
« ses collections. Nous en avons l'assurance. »

Le *Siècle* du 12 novembre 1908.

« M. Quentin-Bauchart fait renvoyer à la Commission
« compétente un vœu émis par la Commission du
« Vieux-Paris, demandant le classement du parc et de
« la maison de Mme Smith, à Nogent-sur-Marne, dans
« laquelle *est décédé le peintre Watteau*. »

L'*Echo de Paris*, la *Petite République*, le *Journal des
Débats*, le *Petit Parisien*, le *Soleil*, l'*Autorité*, *Paris-
Journal*, la *Libre Parole*, l'*Aurore*, le *Gil Blas* et le *Figaro*
du 12 novembre 1908, la *Patrie*, le *Gaulois* et le *XIX*ᵉ
Siècle du 13 novembre 1908 publient ce même compte
rendu ou un compte rendu de rédaction presque semblable.

Le *Petit Parisien* du 12 novembre 1908.

« Les Demeures historiques. — La Maison de Wat-
« teau à Nogent-sur-Marne (sous la signature Jean-
« Claude).

« On va, paraît-il, morceler prochainement le beau
« parc dans lequel s'élève, à Nogent-sur-Marne, la
« *maison où mourut*, il y aura tantôt deux siècles, le
« *peintre des « Fêtes Galantes »*.

« Il est, à Nogent-sur-Marne, une grande maison de
« simple et noble ordonnance, dont la façade, peinte
« en gris clair, s'orne de guirlandes de roses et de

(1) Depuis le 18 octobre 1908 seulement.

« Renommées, qui trahissent la mode de l'Empire,
« mais dont les lignes générales, harmonieuses, élé-
« gantes, de proportions bien équilibrées, attestent
« qu'elle fut élevée au début du dix-huitième siècle.

« C'est là qu'*Antoine Watteau traîna*, plein de mi-
« santhropie, de tristesse et de regrets, *les dernières
« années de sa trop courte vie*. C'est là, qu'à peine âgé
« de 37 ans, *il rendit l'âme en 1721*, emporté par une
« affection de poitrine.

« Elle n'a guère changé, cette demeure que magnifie
« encore le souvenir du grand peintre. Et le parc qui
« l'entoure forme à sa vénérable masse un cadre plein
« de charme et de grâce.

« Sans doute, ce parc n'est plus ce qu'il était jadis,
« et Watteau, s'il revenait sur terre, aurait peine à le
« reconnaître.

« ..... On respectera la maison — que son actuel
« propriétaire, M. Champion (1), entend conserver et
« dont il demande le classement comme monument his-
« torique. »

Le *Figaro* du 12 novembre 1908.

« La vie hors Paris. — Blanchon contre Watteau,
« par M. Régis Gignoux.

« La Commission du Vieux-Paris se rend aujourd'hui
« à Nogent-sur-Marne. Elle y est appelée au secours
« d'un parc et d'une maison *où Watteau passa les der-
« niers mois de sa vie...* »

« ..... La *maison habitée par Watteau* est une belle
« maison de campagne, dans la grande simplicité et
« l'aisance aérée du dix-septième siècle : rectangle sûr,
« fenêtres larges, fronton. Elle fut construite par M. Le
« Camus, mestre de camp des armées du Roi, qui fit
« sculpter au-dessus de la porte et jusque dans le vesti-

(1) M. Champion, archiviste paléographe, est, nous l'avons dit, gendre de Mme Smith.

2

« bule à galerie des Renommées attestant sa gloire.
« Elle était habitée en 1721 par M. Le Febvre, inten-
« dant des menus plaisirs de Sa Majesté, lorsque l'abbé
« Haranger, chanoine de Saint-Germain-l'Auxerrois,
« vint demander l'hospitalité pour *Watteau*, revenu
« mourant d'Angleterre. *Watteau y demeura six mois,*
« en compagnie du fidèle Gersaint, du bon chanoine et
« de M. de Julienne...

« Le parc n'est plus celui qui s'offrait à ses yeux fié-
« vreux et s'étendait jusqu'à la Marne, en gradins éta-
« gés, tel que le montre une estampe de 1741. »

Bulletin Municipal Officiel de la Ville de Paris
du Jeudi 12 Novembre 1908

Séance du Conseil général de la Seine
du 11 novembre 1908

« M. QUENTIN-BAUCHART, vice-président de la Com-
« mission du Vieux-Paris. — Messieurs, j'ai l'honneur
« de déposer sur le bureau du Conseil général un
« extrait du procès-verbal de la Commission du Vieux-
« Paris du 7 novembre.

« Je me permets de lire en entier cet extrait, qui se
« termine par un vœu que je formulerai tout à l'heure :
« ...... M. ANDRÉ HALLAYS (1) demande à la Commis-
« sion de vouloir bien intervenir dans l'opération du
« classement d'un parc situé à Nogent-sur-Marne, et
« attenant *à la maison, désormais historique, dans la-*
« *quelle mourut le peintre Watteau.* Ce dernier immeu-

(1) Auteur des articles intitulés : « En Flânant », parus dans
le « Journal des Débats » les 6 et 27 novembre 1908. (Voir
pages 13 et 20.)

« ble est lui-même fort intéressant, malgré les rema-
« niements qu'il a subis depuis sa construction, entre-
« prise par Le Camus, au 17e siècle. Il a conservé,
« notamment, de curieuses sculptures, et ses lignes
« ont toute l'harmonie des architectures de son temps.
    « La propriétaire de cette maison, Mme Smith, ayant
« demandé son classement, M. Hallays veut profiter
« de la présence, dans la Commission, de M. Sel-
« mersheim, membre du Comité des monuments his-
« toriques, pour lui demander quelle décision a été
« prise à ce sujet.
    « M. Selmersheim répond que le Comité ne s'est pas
« encore prononcé sur la question. Il ajoute que cette
« maison *n'a que peu d'intérêt au point de vue du clas-*
« *sement. Sa construction est médiocre et a été forte-*
« *ment remaniée à des époques très rapprochées de*
« *nous.* Les bas-reliefs dont elle est ornée paraissent
« être en plâtre, sans que l'on sache si ce sont les ori-
« ginaux; toutes ces défectuosités ne militent pas, selon
« M. Selmersheim, en faveur d'un classement. »

L'*Action Française* du 14 novembre 1908.

    « L'Haussmannisme aux environs de Paris (sous la
« signature de « Ariste »).
    « La ville de Nogent-sur-Marne fait le projet d'un
« « boulevard » praticable aux chemins de fer sur
« route, qui desservira le champ de courses du Trem-
« blay. Ce boulevard entraîne la destruction de jar-
« dins charmants, illustrés par *le séjour de Watteau,*
« reste, avec plusieurs autres, des sites délicieux qui
« rendirent célèbre le fond de Beauté. La propriétaire
« de ces jardins, Mme Smith, émue de dégoût et d'in-
« dignation, demande au préfet de la Seine le classe-
« ment de ses jardins, d'après la nouvelle loi sur la pro-
« tection des paysages. »

La *Gazette de France* du 17 novembre 1908.

« Glanes du matin.

« Les conseillers municipaux de Nogent-sur-Marne
« veulent construire un boulevard..... qui engloberait
« une maison du dix-huitième siècle, ornée de bas-
« reliefs et donnant sur un parc magnifique. C'est la
« maison de M. Le Febvre, intendant et contrôleur
« général des affaires de la Chambre et Menus Plaisirs
« de Sa Majesté, *où Watteau vint mourir*.

« ..... La maison de M. Le Febvre sera classée comme
« monument historique. Mais les amoureux de Wat-
« teau et de la beauté voudraient plus encore : ils vou-
« draient qu'on respectât les décors, le parc, ce site
« charmant que l'on appelait le Val de Beauté. »

L'*Univers* du 18 novembre 1908.

« Au jour le jour, par M. J. Mantenay.

« A Nogent-sur-Marne, à quelques toises de l'église,
« existe une jolie maison du dix-huitième siècle, ornée
« de bas-reliefs et entourée d'un beau parc.

« Cet aimable logis appartenait, sous la Régence, à
« l'intendant des Menus, Le Febvre, grand ami de
« Watteau, et c'est là que *mourut le peintre des « Amu-*
« *sements champêtres* ».

Journal des Débats du 27 novembre 1908.

« En Flânant, par M. André Hallays.

« Il y a quinze jours, j'ai ici plaidé la cause d'un
« parc charmant que baignent les eaux de la Marne
« et qu'illustre le *souvenir des derniers jours de Wat-*
« *teau*.

« ..... M. le Préfet de la Seine a réuni la Commission
« départementale chargée de classer « les sites et monu-
« ments naturels d'un caractère artistique ». Et, dans
« sa séance de lundi dernier, cette Commission a classé
« le parc de Nogent, c'est-à-dire que désormais nul ne

« pourra « détruire ni modifier l'état des lieux ou leur
« aspect, sauf autorisation spéciale de la Commission
« et approbation du ministre de l'Instruction publique
« et des Beaux-Arts ».

Messager de Paris du 24 décembre 1908. (Compte
rendu de la séance du Conseil général de la Seine du
23 décembre 1908.)

« Le Parc de Watteau.

«Le Conseil renvoie à la prochaine session l'examen
« du rapport de M. Blanchon, au nom de la 1ʳᵉ Com-
« mission, sur une rectification de route départemen-
« tale n° 20 dans la traversée de Nogent-sur-Marne, au
« moyen de la construction d'une route nouvelle entre
« la place Félix-Faure et la rue Jacques-Kablé. Il s'agit
« de couper le magnifique parc dans lequel se trouve
« *la maison de Watteau...* »

L'Action Française, le *Journal des Débats*, le *Radical*,
Paris-Journal, du 24 décembre 1908, et le *Journal des
Débats* du 25 décembre 1908 publient un compte rendu
à peu près identique.

Au sujet des différents articles dont nous venons de
parler, M. Sévin, conseiller municipal de Nogent-sur-
Marne, a rédigé un rapport qui a été approuvé, à
l'unanimité, par l'Assemblée communale.

Voici ce rapport :

Messieurs,

La question du nouveau boulevard nous a valu cette
semaine les honneurs de la grande presse. Il est à
peine utile de dire que le rôle du Conseil municipal de
Nogent y est apprécié avec autant d'inexactitude que
de rigueur.

Si la valeur des articles se mesure à la fantaisie des

arguments et à l'acrimonie des rédacteurs, les inspira-
teurs de ces articles en ont largement pour leur argent.

C'est ainsi que le *Journal des Débats*, dans un feuil-
leton intitulé « Le Parc de Watteau et le Boulevard
Blanchon », imprime ceci :

« Ce Conseil municipal est composé d'entrepreneurs
« de travaux publics et de marchands de terrains : les
« premiers auront largement profité de la création du
« boulevard; les seconds, à leur tour, profiteront du
« lotissement des terrains. Et ainsi l'opération aura
« été fructueuse pour tout le monde. »

Une affirmation aussi contraire à la réalité des faits
cause le plus grand tort à la bonne réputation du
Journal des Débats qui passait jusqu'ici pour une
feuille sérieuse. Il suffira pour y répondre de rappeler
que le Conseil municipal de Nogent se compose de :

1 Directeur honoraire d'école primaire supérieure
professionnelle
  1 Employé de banque
  1 Fonctionnaire de l'Etat
 11 Propriétaires
  2 Négociants
  1 Industriel
  1 Mécanicien retraité
  1 Marchand de vins
  1 Photographe
  1 Comptable
  1 Mécanicien
  1 Mécanicien au chemin de fer
  1 Cultivateur
  1 Marchand de charbons
  1 Ancien commerçant
  1 Ancien entrepreneur de travaux publics

Le *Figaro*, de son côté, constatant que les affiches des partisans du boulevard ont figuré à côté des placards électoraux de M. Maujan, tire de ce rapprochement la conclusion que la politique joue un rôle dans cette affaire.

Vous savez tous, messieurs, que l'affaire du boulevard a toujours été envisagée dans la commune comme étant d'intérêt général et en dehors de toute question de parti, à tel point que tous les groupes politiques en présence, lors des élections municipales de 1908, l'avaient inscrite à leur programme et qu'au cours de la campagne aucune objection n'a été élevée d'aucun côté contre le projet.

Mais puisque le *Figaro* introduit ici la question politique, il me sera bien permis de faire remarquer que les trois journaux les plus ardents à combattre la voie projetée sont : le *Journal des Débats*, le *Figaro* et l'*Eclair*, c'est-à-dire trois journaux qui ne sont pas précisément de nos amis.

Nous opposons ce rapprochement à celui qu'a cru devoir faire le *Figaro*.

Examinons maintenant les arguments apportés par ces journaux. Ils se réduisent à trois :

1° La maison où mourut Watteau est un monument historique;

2° Le parc qui accompagne cette maison est un des sites les plus remarquables des environs de Paris et on doit attacher à sa conservation un soin religieux en mémoire du grand peintre qui y vécut quelque temps;

3° Ce parc étant ouvert au public chaque dimanche, sa destruction aurait pour résultat de priver les habitants d'une promenade merveilleuse.

En ce qui concerne le premier point, nous empruntons au *Bulletin Municipal Officiel* de Paris, du 12 novembre 1908, l'opinion de M. Selmersheim, membre du Comité des monuments historiques.

« Cette maison, dit M. Selmersheim, n'a que peu d'in-
« térêt au point de vue du classement. Sa construction
« est médiocre et a été fortement remaniée à des épo-
« ques très rapprochées de nous. Les bas-reliefs dont
« elle est ornée paraissent être en plâtre sans que l'on
« sache si ce sont les originaux.

« En ce qui concerne le côté historique, il n'est déter-
« miné que par une habitation de quelques mois seule-
« ment du peintre Watteau, sans d'ailleurs qu'elle lui
« appartînt, ce qui est plutôt insuffisant pour donner
« à une maison le caractère que l'on veut voir en
« celle-ci. »

Nous ajoutons que la maison en question n'est nullement menacée puisque le tracé passe à plus de 100 mètres, mais le fût-elle qu'il n'y aurait pas lieu, comme
vous le voyez, de s'émouvoir outre mesure.

Quant au parc dont la mémoire de Watteau réclame
si impérieusement la conservation, voici ce qu'en dit
ingénument le rédacteur du *Journal des Débats* lui-
même :

« Le parc nous offre un aspect *différent* de celui que
« Watteau avait sous les yeux. »

Et, quelques lignes plus loin :

« Watteau ne s'y reconnaîtrait plus, mais on se de-
« mande si la métamorphose ne serait point de son
« goût. »

Ceci, Messieurs, est simplement monumental. On
nous invite, sous peine d'être taxés de vandalisme, à
conserver pieusement en mémoire de Watteau un paysage que celui-ci n'a pas connu et sous le prétexte qu'il
serait peut-être de son goût.

Le rédacteur *des Débats* pourrait-il affirmer que le

nouveau boulevard n'aurait pas été du goût de Watteau.

Car enfin, et ceci répond à la 3° objection des adversaires de ce boulevard, il n'est nullement démontré qu'il enlaidirait le paysage.

Nous ne contestons pas que le parc de Watteau sera sacrifié en partie et nous le regrettons pour les propriétaires, mais nous pensons que les promeneurs éprouveront autant de plaisir à circuler sur la nouvelle voie qu'à errer dans le parc de Watteau pendant les quelques heures où il est ouvert au public en vertu d'une *décision remontant à un mois à peine et motivée par les besoins de la cause.*

Nous en aurons fini, Messieurs, lorsque nous vous aurons fait remarquer qu'une note parue dans les journaux des 7, 8 et 9 novembre, et dont l'uniformité indique assez la source commune, prête à la Commission du Vieux-Paris l'opinion « qu'il serait facile de faire « passer le nouveau boulevard dans un endroit très « rapproché, ce qui donnerait satisfaction à la com- « mune. »

S'il pouvait en être ainsi, la Commission du Vieux-Paris aurait bien dû dévoiler nettement son plan.

Elle semble ignorer que la propriété de Watteau s'étend de la Grande-Rue jusqu'à la Marne et qu'il est impossible de tracer une route à mi-côte sans la couper.

La Commission du Vieux-Paris se serait-elle par hasard décidée à émettre son vœu sans connaître le site dont elle s'occupait. Nous n'osons le supposer, bien que les apparences nous y engagent.

Voilà, Messieurs, réduits à leur juste valeur, les arguments des adversaires du boulevard. Le retentissement qu'essaient de leur donner les intéressés ne saurait en diminuer la pauvreté. L'intérêt particulier guide toute cette campagne à laquelle nous devons faire face en raison des engagements pris vis-à-vis de nos électeurs.

Dégagée de toutes les considérations sentimentales dont on l'enveloppe, la question apparaît comme étant d'un intérêt primordial pour l'avenir de Nogent.

Nul ne peut entraver le progrès social et la Commission du Vieux-Paris elle-même n'a pas réussi à sauver les vieux quartiers de la Cité pourtant si pittoresques, si pleins de souvenirs — indiscutables ceux-là — mais dont les besoins modernes réclament la transformation.

Notre délibération du 25 octobre 1908 a exposé en détail les raisons d'ordre général et les considérations pratiques qui nécessitent l'ouverture du nouveau boulevard.

En présence des agissements des adversaires de cette voie nouvelle, nous vous demandons d'insister auprès de l'Administration pour que l'exécution du plan projeté soit poursuivie sans retard et pour attirer l'attention de tous les pouvoirs compétents sur l'utilité des travaux et l'insuffisance des objections soulevées par les intéressés.

Nous n'ignorons pas que des demandes instantes et personnelles sont faites auprès des membres du Conseil général de la Seine pour les amener à revenir sur la délibération en vertu de laquelle ils ont adopté le projet de rectification de la route départementale n° 20.

Nous savons aussi qu'une brochure intitulée « *Appel des Habitants de Nogent au Conseil général de la Seine* » est mise en circulation. Nous ignorons d'ailleurs en vertu de quel mandat le rédacteur de la brochure s'est arrogé le droit de parler au nom de la population nogentaise.

Quoi qu'il en soit, l'auteur anonyme qui traite avec la même désinvolture la syntaxe et le bon sens prétend démontrer que l'enquête officielle a donné un résultat défavorable au boulevard.

Il nous reproche d'avoir considéré comme favorables les abstentionnistes sans paraître se douter que ce n'est pas le Conseil municipal, mais la loi, qui a établi cette règle du reste logique.

Il nous impute à crime d'avoir prévu que la part contributive de Nogent dans la dépense ne pourrait être augmentée. Qu'aurait-il dit si nous avions fait le contraire?

Enfin il préconise deux solutions dont il nous faut faire rapidement justice.

La première consiste à utiliser la rue du Val de Beauté en l'élargissant au besoin. Le moindre reproche qu'on puisse faire à cette combinaison, c'est de ne pas remédier à un des principaux inconvénients de la Grande-Rue, puisqu'on ne pourrait relier le Val de Beauté au haut de Nogent que par une rampe impraticable aux voitures de charge.

La seconde, c'est d'élargir la Grande-Rue. Certes, voilà la solution rêvée et il ne nous reste plus qu'à prier l'auteur de la brochure de nous procurer les 8 millions qui représentent au minimum la différence entre le prix du boulevard et celui de l'élargissement de la Grande-Rue.

Messieurs,

Ces demandes verbales ou écrites ne sauraient nous émouvoir. Le Conseil général, qui a envoyé une Commission spéciale pour étudier la question sur place, a pris sa détermination en toute connaissance de cause et nous sommes certains, d'accord avec l'opinion publique, que cette Assemblée départementale restera fidèle au projet dont elle est en somme le véritable promoteur

et que les hommes de science ont reconnu comme étant
le seul qui réponde aux besoins de la situation.

Le *Ruy Blas* ne partagea pas l'opinion de ses confrè-
res parisiens et, le 20 mars 1909, il écrivit ce qui suit :

« Il semble qu'il soit prudent de ne pas trop se fier
« aux plaques de marbre où flamboient, en lettres d'or,
« sur les maisons parisiennes, les noms des hommes
« illustres réputés, à tort ou à raison, avoir passé par
« là. Car ce Panthéon de la rue serait parfois truqué,
« ainsi que beaucoup d'autres choses, parmi les meil-
« leures.

« Les graves messieurs de la Commission du Vieux-
« Paris, et ceux de la Commission des Sites, viennent
« d'être victimes d'une mésaventure truculente. Ils se
« sont avisés de dûment « classer » comme monument
« historique, une « Maison de Watteau », à Nogent, qui
« n'est pas, le moins du monde, celle où mourut le
« peintre, en 1721, comme l'a victorieusement démon-
« tré M. le Maire de Nogent. Ils n'avaient d'ailleurs
« pris aucune des précautions de rigueur. Nulle en-
« quête préalable ne fut faite. Même ne se sont-ils pas
« rendus sur les lieux (1)! Et, ce qui est à peine croya-
« ble, le népotisme, ce mal fatal de la troisième Répu-
« blique, a encore exercé ici ses ravages. Il a suffi, en
« effet, que le maître Anatole France écrivît au prési-
« dent de la République de vouloir intervenir pour
« faire « classer » telle maison, comme étant celle où
« mourut Watteau, pour que les Commissions compé-
« tentes, sans chercher plus loin, opinassent du bonnet.
« Et allez donc !...

« Sous cette singulière histoire se dissimulent,
« comme toujours, des intérêts. D'abord, intérêt qu'a

(1) Voir aux pièces annexées l'extrait du rapport de la Commission des Sites.

« la propriétaire de l'immeuble « classé », à ne pas
« voir morceler son parc, pour y faire passer une route
« qu'on projetait d'y percer. Il y a, ensuite, les intérêts
« contraires des bons Nogentais, ceux qui veulent la
« route, pour les commodités de la commune, et ceux
« qui n'en veulent pas — les habitants de la « Grande
« Rue » — parce que, si la route ne se fait pas, on
« devra élargir la Grande-Rue, et par conséquent les
« exproprier — donc leur verser des indemnités. Et
« ceux-là tiennent à situer la maison de Watteau là où
« elle ne fut pas. »

Pour que le lecteur soit renseigné et qu'il puisse se
faire une opinion exacte sur le point historique qui
nous occupe, nous avons cru devoir mettre sous ses
yeux des extraits des textes publiés récemment au
sujet du séjour et de la mort de Watteau à Nogent-
sur-Marne.

Mais nous n'avons pas voulu reproduire les passages
des articles et les discours renfermant des insinuations
malveillantes, quelquefois calomnieuses, et toujours
injustifiées, contre la Municipalité et le Conseil municipal de Nogent-sur-Marne.

Notre but n'est pas d'engager une polémique. Nous
voulons simplement, le mot est de l'érudit M. Mithouard qui ne croyait pas si bien dire, faire « une rectification historique ».

IV

Nous avons dit précédemment (voir pages 19 et 24) que M. Selmersheim, inspecteur des monuments historiques, n'a pas accueilli avec enthousiasme la proposition faite par M. Hallays, le 7 novembre 1908, à la Commission du Vieux-Paris et ayant pour but le classement, comme monument historique, de la soi-disant « maison de Watteau ».

M. André Hallays ne se tint pas pour battu et il proposa aussitôt — ce qu'accepta volontiers M. Selmersheim — d'émettre et d'adresser à la Commission des sites et monuments naturels un vœu pour l'engager à « prononcer » le classement du parc de la maison appartenant à Mme Smith, à Nogent.

La Commission des sites et monuments naturels donnait, le 23 novembre 1908, un avis favorable au classement qui a été prononcé par un arrêté du Ministre de l'Instruction publique et des Beaux-Arts, en date du 19 février 1909.

Il est regrettable que cette Commission et M. le Ministre n'aient pas eu connaissance du contrat par lequel l'abbé Secousse a vendu à Jacques De la Poire la maison sise rue Charles VII, n° 16, parce que ce contrat passé le 26 avril 1720 par-devant Mᵉ Ménil, notaire à Paris (actuellement étude de Mᵉ Poisson, notaire à Paris, 19, boulevard Malesherbes), établit une servitude dont voici les termes exacts :

« A été expressément convenu que dans l'espace qui
« est depuis le terrein du mur en terrasse de la cour de
« ladite maison susvendue et son batiment en l'état
« qu'il est jusqu'à l'endroit où sont plantés des Ormes
« qui contient une pièce d'eau et un boulingrin, laditte
« terrasse ayant actuellement ..... pieds ..... pouces de
« hauteur, il ne pourra *être élevé aucun batiment ni*
« *planté aucuns arbres plus hauts de six pieds* qu'à
« l'endroit où sont plantés lesdits ormes depuis un large
« espace de laditte pièce d'eau jusqu'à quelques toises
« du chemin, lesdits ormes *seront étêtés tous les ans de*
« *leurs pousses nouvelles* ce jusqu'aux chicots, lesquels
« arbres sont de ..... de hauteur, sans qu'à l'avenir il
« soit loisible audit Sieur Acquéreur ni à ses ayant
« cause d'en planter de plus hauts, à moins que le ter-
« rein ne soit baissé à proportion en sorte de quelque
« manière que ce soit la vue de la maison paternelle
« du vendeur ne puisse être bornée ni diminuée et que
« de sa terrasse on voye la rivière de Marne dans toute
« l'étendue qu'on la voit présentement, qu'à cet effet
« tous les arbres depuis le bout du parterre jusqu'à la
« rue de brie ne pourront être plus hauts que..... ceux
« de la pente dans tout le jardin et de la traverse du
« milieu du jardin plus hauts que... et enfin ceux de
« l'allée tout embas depuis le mur de séparation de
« laditte maison de la Dᵉ Accault jusqu'à l'abreuvoir
« dudit lieu plus hauts que..... et qu'ils seront *étêtés*
« *tous les trois ans* à commencer la première fois au
« printemps de l'année prochaine 1721 et aussi conti-
« nuer à l'avenir sans fin sans pouvoir exhausser le
« terrein ni faire de batiments ou plans d'arbres plus
« élevés de trois pieds dans l'espace vide servant de
« boulingrin étant vers l'encoignure de la terrasse dela
« ditte maison susvendue faisant le coin des rues de
« brie et de l'abreuvoir ni y mettre pots à fleurs, caisses

« d'orangers, figuiers ou autres choses quelconques plus
« élevées de trois pieds dans toute l'étendue du terrain
« dernier désigné, pourquoi sera fait et dressé aux
« frais communs des dites parties un état des lieux
« situation et hauteur des arbres entre ci et trois mois
« de ce jour par arpenteur et gens à ce connoissants
« qui seront nommés par lesdites parties ou en justice,
« qui sera annexé à la minute des présentes pour s'y
« conformer, et afin qu'en cas de nouveau plan, dispo-
« sition ou changement de terrain et batiments la vüe
« de laditte maison paternelle dudit Sr Vendeur soit
« toujours conservée en l'état qu'elle est aujourd'hui
« sans en pouvoir rien diminuer de quelque côté que
« ce soit tant en largeur qu'en hauteur. »

Par acte passé par-devant le même Me Ménil, le
8 octobre 1726, les termes de cette servitude furent pré-
cisés par l'abbé Secousse et le tuteur des mineurs De
la Poire.

On peut consulter, à l'étude de Me Poisson et à la fin
de notre brochure, le plan annexé à l'acte du 8 octobre
1726, indiquant exactement l'emplacement de la propriété vendue en 1720 par l'abbé Secousse à Jacques
De la Poire.

On constatera que cette propriété est la même que la
soi-disant propriété de Watteau, 16, rue Charles VII.

En consultant deux autres plans de la même propriété, dressés l'un par ordre de M. Santerre (qui en
fut propriétaire de 1883 à 1895), l'autre en 1896, on
constatera, comme l'a écrit M. André Hallays dans le
Journal des Débats, que le parc offre un aspect différent de celui que Watteau aurait pu avoir sous les
yeux.

A l'encontre de ce que dit M. André Hallays, nous
nous demandons, en supposant que le parc soit réelle-

ment le « parc de Watteau », si la métamorphose serait du goût du grand peintre.

Mme Smith contesta la servitude qui fut établie par les actes des 26 avril 1720 et 8 octobre 1726 et dont nous avons cité les termes, et, en 1896, elle continua l'instance engagée par M. Santerre qui lui avait vendu la propriété en 1895.

Nous extrayons ce qui suit du jugement rendu le 31 mars 1896 par la 5e Chambre du Tribunal civil de la Seine :

« Le Tribunal,

« Ouï.....

« Attendu que la dame Smith, propriétaire d'un im-
« meuble important sis à Nogent-sur-Marne, rue Char-
« les-VII, demande au Tribunal de déclarer que cette
« propriété n'est grevée d'aucune servitude de vue au
« profit de l'immeuble appartenant à la Société immobi-
« lière qui la domine et dont elle est séparée par la rue
« Charles-VII, qu'en conséquence la Société lui a fait
« sommation à tort d'avoir à couper les arbres et éla-
« guer les branches pouvant faire obstacle à l'exercice
« de la servitude prétendue;

« Attendu que la Société immobilière demande au
« contraire au Tribunal de déclarer : Que la propriété
« Smith est bien grevée d'une servitude de vue; qu'au-
« cun nouveau bâtiment ne peut être construit sur cette
« propriété; que les bâtiments anciens ne peuvent être
« déplacés ni augmentés; que le terrain ne peut être
« exhaussé; qu'il ne peut être planté aucun arbre excé-
« dant certaines hauteurs déterminées; qu'en consé-
« quence les arbres et les branches excédant ces hauteurs
« doivent être étêtés et élagués; qu'en un mot toutes
« les stipulations du titre constitutif de la servitude
« soient respectées;

3

« Attendu, sur ces demandes, que *la dame Smith est*
« *obligée de reconnaître qu'à la date du vingt-six avril*
« *mil sept cent vingt, le curé Secousse qui était alors*
« *propriétaire des deux immeubles, a, en vendant à un*
« *sieur de la Poire la propriété Smith, spécifié nette-*
« *ment que cette propriété serait grevée d'une servi-*
« *tude de vue au profit de la propriété qu'il conservait;*
« que les clauses de ce titre sont des plus précises,
« qu'il était défendu notamment à l'acquéreur d'élever
« aucun bâtiment ni de planter des arbres plus hauts que
« ceux existant alors, lesquels devaient être régulière-
« ment étêtés tous les trois ans, d'exhausser le terrain
« et même de placer dans certaines parties des pots à
« fleurs, caisses d'orangers, figuiers ou autres choses
« ayant une hauteur de plus de trois pieds « en sorte
« que, de quelque manière que ce soit, la vue de la
« maison paternelle du vendeur ne puisse être bornée
« ni diminuée, et que de sa terrasse on voie la rivière
« de Marne dans toute l'étendue qu'on la voit présen-
« tement ». — Que le vendeur, pour bien montrer l'im-
« portance qu'il attachait au respect de cette servitude,
« qui lui permettait de jouir d'un magnifique pano-
« rama, déclarait qu'elle ne pourrait jamais être sujette
« à aucune prescription et que toutes les causes se rap-
« portant à son exercice devaient être considérées
« comme des clauses de rigueur;
« Attendu..... que la dame Smith n'en prétend pas
« moins que cette servitude s'est éteinte, soit parce que
« les choses sont dans un état tel qu'elle ne peut plus
« être exercée, soit en tout cas par suite du non-usage
« depuis plus de trente ans; que pour justifier cette
« exception, la dame Smith soutient que les modifica-
« tions qui se sont produites depuis plus de trente ans,
« soit dans sa propriété, soit dans les propriétés infé-
« rieures qui s'étendent jusqu'à la Marne, sont telles

« qu'il est impossible de voir cette rivière du fonds
« dominant; mais attendu que cette affirmation de la
« dame Smith serait-elle vraie, *et elle est contestée*, la
« servitude de vue n'en devrait pas moins être respec-
« tée, sauf l'atténuation ci-après; qu'en effet la servi-
« tude n'était pas seulement créée pour que de la ter-
« rasse Secousse « on voie la rivière de Marne dans
« toute l'étendue qu'on la voit présentement ». Mais en
« outre « pour que la vue de la maison paternelle du
« vendeur ne puisse être bornée ni diminuée »; qu'en
« conséquence, si par suite de la construction de mai-
« sons et de plantations d'arbres sur les terrains infé-
« rieurs sis d'ailleurs à une distance assez considérable
« des deux propriétés, on ne voit plus du tout de la
« terrasse ou l'on voit moins la rivière, la Société Immo-
« bilière n'en est pas moins en droit d'exiger que sa
« vue ne soit pas bornée ou diminuée par des construc-
« tions ou des arbres qui seraient édifiés ou plantés sur
« la propriété, sise immédiatement au-dessous de son
« immeuble en violation des stipulations du titre cons-
« titutif;

« Que s'agissant d'une servitude continue, il ne peut
« être question d'extinction par le non-usage et que la
« seule prescription que puisse opposer la dame Smith
« est celle du droit de conserver les arbres qui ont été
« plantés ou qu'on a laissés croître depuis plus de trente
« ans, contrairement aux prescriptions des titres de mil
« sept cent vingt et mil sept cent vingt-six; que l'exper-
« tise doit donc porter uniquement sur ce point.

« Par ces motifs,

« *Dit que la propriété Smith est toujours grevée*
« *d'une servitude de vue au profit de la propriété de la*
« *Société Immobilière; dit que cette Société est tou-*
« *jours en droit d'exiger que la dame Smith se con-*

« *forme aux prescriptions du titre constitutif de la* « *servitude.*»

Comme l'indique ce jugement, Mme Smith reconnaît que sa propriété, 16, rue Charles VII, a été vendue le 26 avril 1720 par l'abbé Secousse à Jacques De la Poire et que le 8 octobre 1726, elle appartenait aux mineurs De la Poire.

Or, MM. Mithouard, André Hallays, Gignoux, Augé de Lassus, etc... ont affirmé que cette propriété avait appartenu en 1721 à M. Le Febvre, intendant des Menus-plaisirs du Roi.

V

Dans son discours, publié en tête de cette brochure, M. Mithouard a dit :

« *La vérité est que Watteau est bien venu mourir* « *dans cette propriété. Cela est attesté* par les contem- « *porains*, par l'*abbé Lebeuf*, par *M. de Jussienne*, qui « a laissé une note manuscrite; par les historiographes « les plus autorisés de Watteau, *Jules de Goncourt* et « *M. Cousin. On prétend qu'il est mort dans une pro-* « *priété voisine* : il n'y a qu'un malheur, c'est que nous « possédons une gravure du temps, qui représente, « *comme étant la maison où est mort Watteau, la mai-* « *son contre laquelle s'acharne aujourd'hui l'érudition* « *nogentaise*. Seulement, quand on fait une manœuvre « de la dernière heure, on ne saurait penser à tout : « L'autre maison, celle qu'on veut nous donner aujour- « d'hui comme la vraie maison de Watteau, est aussi « menacée que le projet qu'on veut nous faire voter! » M. Mithouard ajoute plus loin :

« Je vous le disais bien; il s'agit d'une rectification, « non pas de celle de la route n° 20, mais d'une rectifi- « cation historique. Tout de même celle-là est un peu « forte. Je sais que ce n'est pas ici le lieu de prolonger « une telle discussion. »

Eh bien! Nous pensons, nous, qu'il est nécessaire de prolonger cette discussion et de prouver à M. Mithouard qu'il est mal renseigné.

Voici ce que dit l'abbé Lebeuf dans l'*Histoire du Dio-*
cèse de Paris. (Edition de 1755, tome VI, page 17, et
édition de 1883, tome II, page 474.)

« Wateau célèbre Peintre natif de Valenciennes étant
« attaqué de la poitrine, M. Le Febvre alor Intendant
« des Menus, et mort depuis quelques années Trésorier
« de la Maison de la Reine, lui donna un appartement
« dans une maison de campagne qu'il avoit à Nogent,
« et il y fit venir Patot, jeune peintre Flamand. Le
« même Wateau y mourut le 18 Juillet 1721 âgé de
« 37 ans, et fut inhumé dans l'Eglise Paroissiale. »

Et c'est tout!

L'abbé Lebeuf n'a donc pas indiqué l'emplacement
exact de la propriété de M. Le Febvre?

Passons à M. de Julienne, que M. Mithouard appelle
M. de Jussienne.

Abecedario de Mariette, tome 6, pages 118 et 119,
notice de M. de Julienne :

« Après une absence d'environ un an, il (Watteau)
« revint à Paris, où il ne fit plus que traîner une vie
« languissante et ennuyeuse; il n'avoit presque pas un
« jour de santé, mais, quoique ses infirmités conti-
« nuelles ne luy laissassent pas un moment d'intervalle,
« il travailla de tems en tems ce qu'il continua de faire
« jusques à ce qu'enfin il mourut à Nogent, près de
« Paris, le 18 Juillet 1721, âgé d'environ 37 ans. »

M. de Julienne n'a pas écrit que Watteau est mort
chez M. Le Febvre et il n'a pas indiqué l'emplacement
exact de la propriété de ce dernier.

Voyons ce que dit Jules de Goncourt dans *L'Art du*
xviii° *siècle*, première série, page 46, extrait de la vie
d'Antoine Wateau par M. le comte De Caylus, amateur,
lue à l'académie royale de peinture et de sculpture le
3 février 1748 :

« Il (Wateau) imaginoit que l'air de la campagne lui

Gravure telle qu'elle aurait dû être reproduite en 1865 dans la brochure "Le Tombeau de Watteau"

« feroit du bien. L'abbé Haranger, qui étoit du nombre
« de ces derniers (ses amis), lui fit prêter, par M. Le
« Fevre, alors intendant des Menus et aujourd'hui un
« de vos honoraires, sa maison de Nogent, auprès de
« Vincennes. »

Et page 73, dans les « Notules » :

« L'enseigne de Gersaint terminée, Watteau tombe
«; dans une langueur qui lui fait appréhender d'incom-
« moder Gersaint, chez lequel il habitait depuis six
« mois; il le prie de lui chercher un logement conve-
« nable. « J'aurois résisté inutilement, dit Gersaint, il
« étoit volontaire, et il ne falloit pas répliquer; je le
« satisfis donc, mais il ne jouit pas longtemps de cette
« nouvelle demeure; sa maladie augmenta, son ennui
« redoubla; son inconstance se ranima; il crut qu'il
« seroit beaucoup mieux à la campagne; l'impatience
« s'en mêla, et enfin il ne devint tranquille que quand
« il apprit que M. Le Febvre, alors intendant des Me-
« nus, lui avoit accordé dans sa maison de Nogent, au-
« dessus de Vincennes, une retraite, à la sollicitation
« de feu M. l'abbé Haranger, chanoine de Saint-Ger-
« main de l'Auxerrois, son ami; je l'y conduisis, et j'al-
« lois le voir et le consoler tous les deux ou trois
« jours. »

Et plus loin, Gersaint ajoute :

« Il mourut entre mes bras audit Nogent. »

Jules de Goncourt n'a pas indiqué non plus l'emplacement exact de la propriété de M. Le Febvre.

M. Mithouard cite encore M. Cousin et parle d'une
gravure représentant la « maison de Watteau ».

Or, à propos de cette gravure mal reproduite
dans la brochure « Le Tombeau de Watteau »,
M. Jules Cousin, sous-bibliothécaire de l'arsenal en 1865
et secrétaire-rapporteur de la Commission du Monu-

ment de Watteau, écrivait ce qui suit après l'inauguration de ce monument, dans une lettre que nous possédons : « Il n'y a pas moyen maintenant d'ajouter le « moindre erratum au sujet de la maison retournée.

« La décoration de la porte d'entrée encore identique « ne permet pas de douter que cette maison ne soit « celle de M. Archdeacon, *mais là s'arrêtent les points* « *de repère; un étage ajouté change bien la physiono-* « *mie d'un bâtiment* et une vallée reportée de gauche à « droite modifie singulièrement un paysage. »

Ainsi, d'après M. Cousin, la gravure de la maison de M. Le Febvre, dont parle M. Mithouard, n'a qu'un seul point de ressemblance avec la maison de M. Archdeacon (celle de Mme Smith, rue Charles VII, n° 16), la décoration de la porte d'entrée.

Or, M. Selmersheim a déclaré (1) que les ornements de cette dernière maison « paraissent être en plâtre, sans que l'on sache si ce sont les originaux ».

Il était d'ailleurs impossible à M. de Francueil de graver en 1740, comme maison appartenant à M. Le Febvre, celle qui appartient actuellement à Mme Smith, puisque la maison de Mme Smith n'a jamais appartenu à M. Le Febvre et que, de 1718 à 1750, M. Le Febvre, puis son fils, étaient propriétaires de la maison portant aujourd'hui le n° 76 de la Grande-Rue de Nogent.

Ce qu'il y a de certain, c'est que Watteau est mort dans la maison de M. Le Febvre.

Avant de donner les origines des propriétés sises aux n°s 14 et 16 de la rue Charles VII et appartenant à Mme Smith, et de celle sise au n° 76 de la Grande-Rue appartenant à Mme veuve Pagis, nous citerons encore quelques auteurs.

(1) Voir page 24.

On lit dans la « *Notice historique sur Nogent-sur-Marne* », par M. le marquis de Perreuse (1854), page 19, paragraphe 3 :

« Watteau était l'ami de M. Lefèvre, intendant des
« menus-plaisirs, qui possédait la maison de la rue
« Charles VII, occupée aujourd'hui par M. Sébastien
« Archdéacon; il avait été invité à venir s'y établir, et
« c'est dans cette maison qu'il mourut en 1721, à peine
« âgé de trente-cinq ans. »

Le marquis de Perreuse a dit, le premier, que Watteau était mort dans la maison portant le n° 16 de la rue Charles VII.

C'est là, sans doute, le point de départ de cette regrettable erreur historique, au sujet de laquelle un vieux Nogentais nous a écrit ce qui suit :

« M. le marquis de Perreuse qui, de 1834 à 1868,
« fut maire de Nogent et que j'ai connu personnelle-
« ment, était déjà, vers 1850, complètement aveugle.
« Il était conduit, dans ses tournées d'inspections et à
« tour de rôle, par un enfant des écoles, soit petit gar-
« çon, soit petite fille, et il ne se rendait compte des
« choses que par l'appréciation de son petit conducteur.

« Dans ces conditions, la brochure qu'il a publiée en
« 1864 sur Nogent et sur Watteau, peut paraître sur
« bien des points remplie d'inexactitudes, ne pouvant
« se documenter personnellement. »

On lit aussi :

1° Dans « *Environs de Paris. — Nogent-sur-Marne* », par Arsène Houssaye (1855), page 107, paragraphes 4 et 5 :

« Ce fut à Nogent, sur les bords de la Marne, que
« Watteau étudia *dame nature parée à la française.*

« Ce fut là qu'il crut retrouver les verts paysages de
« son cher pays.

« Il alla habiter à Nogent, près de son cher curé,

« le Moulin-Joli, qui était la maison de plaisance de
« son ami Lefèvre, l'intendant des Menus-Plaisirs. »

2° Dans « *Nogent-sur-Marne* », par la baronne de
Girard Vézenobre (1878), page 12, paragraphe 8 :

« Le peintre Watteau y mourut (à Nogent), le 18 juil-
« let 1721, à l'âge de 37 ans, et un monument surmonté
« de son buste est placé dans la cour d'entrée de l'église
« paroissiale. »

Comme on le voit, ~~Alfred~~ *arsene* Houssaye et la baronne de
Girard Vézenobre n'indiquent pas le lieu où était située
la maison de M. Le Febvre.

3° Dans « *Le Tombeau de Watteau à Nogent-sur-
Marne* », par le Conseil municipal de Nogent-sur-Marne.
(1865), page 13, paragraphe 2 :

« A côté de M. de Jullienne, nous remarquons, parmi
« les plus sincères admirateurs ou amis de Watteau :
« Gersaint, le marchand de tableaux; l'abbé Haranger,
« chanoine de Saint-Germain-l'Auxerrois; M. Lefèvre,
« intendant des Menus-plaisirs, et plus tard trésorier de
« la Reine. ».

Page 15, paragraphe 3 :

« C'est alors que M. Lefèvre lui prêta sa charmante
« maison de Nogent, dont les jardins, en amphithéâtre
« sur la Marne, au milieu du plus riant paysage,
« offraient à l'artiste des études dignes de son pinceau,
« et au malade un air pur et vivifiant. Il était trop tard;
« une phtisie pulmonaire avancée ne laissait plus aucun
« espoir de guérison.

« Watteau s'éteignit doucement dans cette délicieuse
« retraite, où il ne demeura guère plus d'une saison,
« travaillant jusqu'au dernier moment, s'inspirant des
« ravissants aspects du parc de Beauté et du Bois de
« Vincennes, que l'on retrouve dans ses dernières et
« plus charmantes compositions. »

Et page 16, en renvoi :

« Cette maison, où demeura plus tard l'abbé de Pom-
« ponne, a été dessinée et gravée, en 1740, par M. de
« Francueil. Un jeune artiste d'avenir, M. Paul Four-
« nier, fils du spirituel et savant écrivain, a bien voulu
« reproduire pour nous, en fac-simile, cette rarissime
« eau-forte d'amateur (1).

« La maison de M. Lefèvre, sensiblement modifiée
« depuis lors, appartient maintenant à M. Sébastien
« Archdeacon.

« Le goût des arts et les grandes traditions semblent
« hériditaires dans cette belle demeure, où Watteau
« trouverait encore aujourd'hui un Mécène..

On lit enfin :

1° Dans la « *Monographie des Communes* » (1906),
page 15, paragraphe 4 :

« Parmi les plus belles propriétés du bourg, au com-
« mencement du xviiie siècle, était celle de M. Le Fèvre,
« qui fut successivement intendant des Menus et tré-
« sorier de la Reine. Mêlé par ses premières fonctions
« au mouvement artistique si vif alors dans toutes ses
« manifestations, il eut la bonne fortune d'ouvrir sa
« maison au célèbre Watteau, dont la santé était très
« compromise à la suite d'un séjour en Angleterre, où
« l'affection pulmonaire dont il souffrait n'avait fait
« qu'empirer. Le peintre s'y installa à la fin de l'année
« 1720, mais il n'y passa guère que six mois : la mort
« le frappa le 15 juillet 1721. »

Et page 16, paragraphe 3 :

« La maison où était mort Watteau appartint, après
« M. Le Fèvre, au célèbre abbé Henri-Charles Arnauld

(1) M. Paul Fournier, ancien Préfet, Directeur honoraire au
Ministère de l'Intérieur, que nous avons vu en son domicile, 16,
quai du Louvre, à Paris, nous a dit lui-même que la maison reproduite en 1865 dans la brochure "Le Tombeau de Watteau" est
retournée.

« de Pomponne, homme de goût et de savoir, membre
« de l'Académie des inscriptions et belles-lettres, en
« 1743, mort en 1756. C'est lui qui fonda à Nogent la
« Compagnie des Chevaliers de l'Arc en 1732. De nos
« jours, la maison est devenue la propriété de la famille
« Archdeacon. »

2° Dans « *Watteau* », par Gabriel Séailles, professeur
à la Sorbonne, page 38, paragraphe 2 :
« Sur les instances d'un de ses amis, l'abbé Haranger,
« Le Fèvre, intendant des Menus, consentit à lui prêter
« sa maison de Nogent, auprès de Vincennes. »
Et page 39, paragraphe 1ᵉʳ :
« Il mourut dans les bras de son ami Gersaint, le
« 16 juillet 1721. » (1)

3° Dans « *Antoine Watteau* », par Virgile Josz :
« A tout prix il (Watteau) veut quitter Paris, échap-
« per à l'oppression qui tenaille ses poumons, se repo-
« ser au milieu des champs qui verdissent et des bois
« qui bourgeonnent, bien près, très près de cette na-
« ture qu'en vrai Flamand il n'a jamais cessé d'aimer.
« Le chanoine (Haranger) est au mieux avec un très
« galant homme qui aime les arts, que le commerce
« des artistes réjouit, qui goûte fort la peinture des Pein-
« tres du Roi et qui connaît certainement Watteau, au
« moins de nom. C'est Philippe Le Fèvre, l'Intendant
« des menus plaisirs de Sa Majesté. M. Le Fèvre a une

(1) M. Gabriel Séailles dit aussi, page 31, paragraphe 2 :
« En 1712, il (Watteau) exposait à l'Académie royale quelques
« tableaux, dont nous ignorons les sujets, et, sur l'instante
« recommandation du vieux peintre de La Fosse, que sans
« doute il avait connu chez Crozat, il était aussitôt « agréé ».
« Il attendit cinq ans avant de présenter son « chef-d'œuvre »,
« l'EMBARQUEMENT POUR CYTHÈRE, et ne fut définitivement reçu
« qu'en août 1717 ».
Ce n'est donc pas pendant son séjour à Nogent-sur-Marne,
de 1720 à 1721, que Watteau a exécuté l'EMBARQUEMENT POUR
CYTHÈRE.

« propriété à Nogent, il la met très volontiers et très
« gracieusement à la disposition d'Antoine Watteau.

« Ce n'est pas la modeste retraite souhaitée : la mai-
« son est quelque peu solennelle, c'est presque la mai-
« son du neveu de Le Brun; un Prince et sa suite pour-
« raient y loger et l'abbé de Pomponne s'y plaira; elle
« est flanquée de dépendances et de communs impo-
« sants.

« Elle est en arrière du village, ses jardins compar-
« tis de fleurs à peine ouvertes, lilas et chèvrefeuilles,
« jasmins et roses de Gueldre, descendent en gradins
« verts presque jusqu'à la Marne et le premier regard
« « qu'il jette par dessus la terrasse qui limite au
« midi les cours d'entrée, embrasse une découverte su-
« perbe, amusante, belle de lignes, avec des incidents,
« le bac, le moulin, le pont, le calvaire, la route blan-
« che, des sentiers dans les haies, l'allée du Tremblay,
« les coteaux de Champigny, la tuilée de Saint-Maur,
« les chaumes de Poulangis (1).

« Là, il se ressaisit... Gersaint fait le trajet de Nogent
« tous les deux ou trois jours pour lui apporter le
« réconfort d'un espoir, et Hénin et les Julienne ses
« proches voisins maintenant.

« On voit de chez Watteau par delà l'Ile de Beauté,
« le pré des Mignottes et l'allée de M. le Duc qui
« jouxtent leur maison (2). Haranger vient aussi, dont
« la philosophie est si rieuse, et souvent avec Messire
« Charles Carreau, le curé de St-Saturnin de Nogent. »

---

(1) Cette description répond bien à la vue qu'on avait
de la terrasse existant encore dans la propriété de Mme Pagis.

(2) Il est impossible de voir, de la maison de Mme Smith,
16, rue Charles VII, l'allée de M. le Duc qui est très visible
de la maison de Mme Pagis.

VI

Maison sise à Nogent-sur-Marne

Rue Charles VII, n° 16

Nous allons prouver, pièces en mains, que cette maison n'a jamais appartenu à M. Le Febvre, intendant des Menus et trésorier de la Reine.

Elle appartient actuellement à Mme veuve Smith, qui l'a achetée à M. Santerre, Alexandre-Armand-Sébastien, par acte passé à Nogent-sur-Marne en l'étude de Me Ferrand, notaire, le 3 juillet 1895.

Il résulte de l'extrait des registres de transcription qui nous a été délivré par le 10e Bureau des Hypothèques à Paris que cette propriété a appartenu :

De 1883 à 1895, à M. Santerre, Alexandre-Armand-Sébastien;

De 1823 à 1883, à la famille Archdeacon;

De 1817 à 1823, à M. Solliers, Pierre-Antoine, puis à Mme veuve Solliers;

De 1815 à 1817, à M. Icard père, puis à M. Icard fils;

De 1805 à 1815, à M. le comte Jean-Pierre Fabre de l'Aude;

De juin 1804 à 1805, à M. Lamy.

De mai 1804 à juin 1804, à M. Chateauneuf-Randon, Alexandre-Paul;

De 1795 à mai 1804, aux familles Vandernyver et Villeminot;

De 1785 à 1795, aux sœurs Marie-Madeleine-Monique Pignard et Thérèse-Geneviève Pignard;

Celles-ci l'avaient acquise du sieur Louis-Pierre Sau-
nier par un contrat passé le *7 mai 1785* par.devant
M⁰ Gondouin et son confrère, notaires à Paris, et conservé par M⁰ Charpentier, notaire à Paris, 16, avenue
de l'Opéra.

Il est dit dans ce contrat « que la propriété apparte-
« naît au sieur *Louis-Pierre Saunier* au moyen de l'ac-
« quisition qu'il en avait faite de *Jean-Baptiste Gervais*,
« conseiller du Roi, contrôleur des rentes de l'Hôtel de
« Ville de Paris, par contrat passé par-devant M⁰ Lepot
« d'Auteuil qui en a gardé la minute et son confrère,
« notaires à Paris, le *18 mai 1775.* »

Dans l'acte fait par-devant M⁰ Lepot d'Auteuil et conservé par M⁰ Bertrand-Taillet, notaire à Paris, 66, rue
Pierre-Charron, on lit :

« 1° La propriété appartenant au sieur *Gervais*
« *Jean-Baptiste*, conseiller du Roy, contrôleur des
« Rentes de l'Hôtel de Ville de Paris, au moyen
« de l'acquisition qu'il en avait faite de « haute
« et puissante dame *Catherine Poline Collebert, veuve*
« *de haut et puissant seigneur Louis Duplessis Cha-*
« *tillon*, marquis dudit lieu, comte de Château Moyant,
« vicomte Delamotte-Feuilly, baron de Saint-Jeanvrin,
« seigneur de Chaveux et autres lieux, Lieutenant géné-
« ral des armées du Roy, suivant le contrat passé de-
« vant M⁰ Dupré l'aîné qui en a gardé minute et son
« confrère, notaires à Paris, le *23 juin 1757.* »

2° « Les maison, jardin, pièces de pré, etc., vendus
« appartenaient à la *Dame Duplessis-Chatillon* comme
« lui ayant été légués par haut et puissant seigneur
« *Henry-Charles Arnauld de Pomponne*, son oncle,
« doyen des conseils de Sa Majesté, chancelier et com-
« mandeur de ses ordres, abbé de l'abbaye de Saint-
« Médard de Soissons, suivant son testament reçu par

4

« M⁰ Dupré l'aîné qui en a minute et son confrère, no-
« taires à Paris, le *5 février 1751.* »

3° « Le sieur *abbé de Pomponne* a été propriétaire des
« mêmes biens par l'acquisition qu'il en a faite de
« *Joseph de l'Esquin, chevalier marquis de Villeme-*
« *neux* et *Dame Barbe-Margueritte-Perette Garnier de*
« *Granvillier, son épouse,* auparavant veuve de *M. Jac-*
« *ques De la Poire,* par contrat passé devant M⁰ Dela-
« balle et son confrère, notaires à Paris, le *24 aoust*
« *1731.* »

4° « Ladite maison et ses dépendances chargées des
« servitudes apposées (1) pour Mʳᵉ *François-Robert Se-*
« *cousse,* prêtre, docteur en théologie de la faculté de
« Paris et curé de Saint-Eustache, *par le contrat de*
« *vente qu'il en a fait audit feu sieur De la Poire le*
« *26 avril 1720.* »

Ainsi il résulte clairement des trois actes précités :
— Transcription de la vente Santerre à Smith, —
Vente Saunier à Pignard, — Vente Gervais à Saunier,
que la propriété acquise par Mme veuve Smith le
3 juillet 1895 appartenait de 1720 à 1731 aux familles
De la Poire et de Villemeneux.

Les actes suivants que nous avons sous les yeux corroborent notre affirmation.

1°. — Enoncé des servitudes grevant la propriété, 16,
rue Charles VII, dressé en 1897 au moment où elle
appartenait à Mme Wandenniver et donnant les noms
des propriétaires successifs du 26 avril 1720 à l'année
1797.

2°. — Contrat de vente par Mme la marquise Duples-
sis-Chastillon à M. Jean-Baptiste Gervais, dressé par
M. Dupré, notaire à Paris, le 23 juin 1757 (minute en
l'étude de M⁰ Flamand-Duval, notaire à Paris, 24, rue
Lafayette).

(1) Voir page 31.

3°. — Testament de M. l'abbé de Pomponne reçu par Mᵉˢ Dupré et Angot, notaires à Paris, le 13 février 1751. (Minute à l'étude de Mᵉ Flamand-Duval.)

4°. — Déclaration faite le 28 novembre 1731 par devant Jean Coiffier, tabellion au bailliage de Nogent-sur-Marne, par M. l'abbé de Pomponne qui se reconnaît propriétaire de l'immeuble ayant appartenu au marquis de Villemeneux et à Jacques de La Poire (archives nationales, terrier de Nogent, série S, n° 1903, page 72).

5°. — Contrat de vente par les mineurs Delapoire de la Roquette, représentés par leur aïeul et tuteur, M. Armand Josse-Garnier, seigneur de Grandvilliers, autorisé à cet effet, à M. Joseph de Lesquen, chevalier, marquis de Villemeneux, contrat dressé par Mᵉˢ Chêvre et Caron, notaires à Paris, le 22 juin 1729 (minute à l'étude de Mᵉ Fleury, notaire à Paris, 64, faubourg Saint-Honoré).

Il est dit dans ce dernier acte que l'immeuble vendu appartenait aux mineurs De la Poire comme l'ayant recueilli de la succession de leur père, qui l'avait acquis de M. Secousse, curé de Saint-Eustache, suivant acte passé le 26 avril 1720 par devant Mᵉ Ménil, notaire à Paris (acte conservé à l'étude de Mᵉ Poisson, notaire à Paris, 19, boulevard Malesherbes).

Les autres actes ci-dessous désignés dont nous avons fait prendre copie aux archives nationales, série, S, n° 1864, liasse n° 41, et la déclaration faite en 1793 à la Mairie de Nogent-sur-Marne par Mlle Pignard prouvent, une fois de plus, que la propriété de Mme Smith, sise rue Charles VII, n° 16, n'a jamais appartenu à M. Le Febvre.

1. — Contrat d' « eschange passé entre Messieurs du « Chapitre de Saint-Maur et Messire Jehan Le Conte « le 15 janvier 1623 ».

D'après ce contrat, M. Le Conte, possesseur de la

propriété sise actuellement 16, rue Charles VII, auquel
était cédé un arpent de vigne incorporé à ses biens,
« ses hoirs et ayans cause », devaient payer une rente
de *douze livres* le jour de la Saint-Martin d'Hiver à
Messieurs du Chapitre de Saint-Maur.

2. — Procès-verbal de saisie des biens du sieur Jehan
Le Conte, en date du 13 avril 1627, indiquant que la
« rente *de 12 livres* sera mise à la charge de l'adjudicataire des biens dudit sieur Jehan Le Conte.

3. — Déclaration de propriété faite le 19 avril 1631 par
M. Pierre Mallo, conseiller du Roi.

4. — Déclaration du 7 décembre 1680 par laquelle
Sébastien Malo et Jean Malo se reconnaissent héritiers
et propriétaires des biens *chargés de la rente de
12 livres.*

5. — Déclaration du 14 avril 1713 dans laquelle il est
écrit :

« Messire Louis Camus des Touches, brigadier des
« armées du Roy, chevalier de l'ordre militaire de
« Saint-Louis, capitaine général des Bombardiers de
« France et lieutenant général de l'artillerie, la com-
« mandant dans les places de Haute-Meuse, Moselle,
« Sarre et armée de Flandre, et messire Camus des
« Touches, aussy brigadier des armées du Roy, cheva-
« lier de l'ordre militaire de Saint-Louis, frères, demeu-
« rant ensemble à l'arsenal, paroisse de Saint-Paul, les-
« quels ont reconnu estre conjointement propriétaires
« et détempteurs de deux maisons, jardins, enclos,
« vignes, prez, terres et herbages scituez à Nogent-sur-
« Marne, terroir d'iceluy et ès environs, comme les
« ayant acquis de Messire Charles Le Clerc, chevalier,
« marquis du Tremblay et de dame Catherine Gayot,
« son épouse, auxquels ils appartenaient du chef dudit
« sieur marquis du Tremblay, comme légataire uni-
« versel de feu Messire Sébastien Malo, chevalier, sei-

« gneur de Bordonné, par contrat passé devant les no-
« taires soussignés (De Laleu et Savalette) le dix avril
« présent mois à la charge entr'autres choses de *douze*
« *livres de rente de la nature qu'elle est due.* »

6. — Déclaration faite le 28 novembre 1731 par « haut
« et puissant seigneur Henri-Charles Arnault de Pom-
« ponne, abbé commandataire de l'abbaye royalle de
« Saint-Médard de Soissons, conseiller d'Etat ordinaire,
« commandeur, chancellier, garde des sceaux des
« ordres du Roy, surintendant et ordonnateur des de-
« niers desdits ordres, cy-devant ambassadeur de Sa
« Majesté le feu Roy Louis quatorzième de glorieuse
« mémoire près la sérénissime République de Venise,
« demeurant à Paris en son hôtel, rue Neuve-Saint-
« Augustin, paroisse Saint-Paul, lequel reconnoist estre
« propriétaire d'une grande maison contenant plusieurs
« bâtiments, grand jardin, cours avec autres aysances
« et dépendances, terre, prez..... comme les ayant
« acquis de haut et puissant seigneur Joseph de Les-
« qu'en, chevalier, marquis de Villemeneux et dame
« Barbe-Margueritte-Perrette Garnier de Gravilliers,
« son épouse, par contrat passé devant de La Balle et
« Bricault, nottaires à Paris, le 24 août dernier » (1731).

7. — Déclaration de Jean-Baptiste Gervais en date du
12 septembre 1768, indiquant qu'il a acquis lesdits biens
de « Madame la marquise du Plessis-Chatillion, dona-
« taire de l'abbé de Pomponne, qui les avait acquis de
« M. le marquis de La Villemenust par contrat passé
« devant Delaballe et son confrère, nottaires au Châ-
« telet de Paris, le 24 aoust 1731 ».

8. — Chemise de Dossier contenant les 7 pièces précé-
« dentes et indiquant que la rente de 12 livres, payable
« à la Saint-Martin d'Hiver, est due par « Mlles Marie-
« Madelaine-Monique et Geneviève-Thérèse Pignard,

« filles majeures demeurant à Paris, rue Royale, bûte
« et paroisse Saint-Roch. »

Déclaration faite par Mlle Pignard pour être inscrite
au rôle de l'emprunt forcé ordonné par la loi du 3 septembre 1793 (archives de la Mairie de Nogent-sur-
Marne).

« Je soussignée Marie-Magdelaine-Monique Pignard,
« fille majeure, demeurant à Nogent-sur-Marne, dis-
« trict du Bourg de l'Egalité, déclare que mon revenu
« consiste en ce qui suit :

« 1° Une maison, jardin et dépendances, situés sur le
« territoire de la Municipalité de Nogent-sur-Marne,
« district du Bour de l'Egalité, département de Paris,
« estimés dans la matrice du rôle de la contribution
« foncière de laditte Municipalité d'un revenu de 1980
« livres.

« 2° En produit de rentes.....
« 3° En rentes viagères.....
« 4° Produit de trente actions viagères.....
« 5° Intérêt à 4 0/0 d'un capital de 30.000 livres.....
« 6° Une rente foncière.....
« 7° Produit pour l'année 1793 de 18 actions de la
« Caisse d'escompte.....

« A déduire pour une rente annuelle de 12 livres
« 16 sols que je dois à la nation comme étant aux droits
« du ci-devant chapitre de Saint-Louis du Louvre. »

La seule maison possédée en 1793 à Nogent-sur-
Marne par Mlle Pignard et chargée d'une rente de
douze livres est bien celle qui a été acquise en 1895
par Mme veuve Smith, puisque les origines de propriétés sont absolument les mêmes que celles qui sont indi-
quées dans les contrats de vente précités.

VII

Maison sise à Nogent-sur-Marne
Rue Charles VII, n° 14

M. Le Febvre, intendant des Menus-plaisirs n'étant pas, en 1721, propriétaire de la maison rue Charles VII, n° 16, nous nous sommes demandé s'il ne l'était pas de la maison rue Charles VII, n° 14, appartenant également à Mme veuve Smith.

Nous avons donc recherché les origines de cette dernière propriété, contiguë à la précédente.

Il résulte de l'extrait de la transcription des actes de vente qui nous a été délivré par le 10ᵉ Bureau des Hypothèques, à Paris :

1° Que cette propriété a été vendue à M. Jules-Joseph-Adolphe Smith, greffier en chef du Tribunal civil de 1ʳᵉ instance de la Seine, par M. Auguste Legrand et Mme Albertine Blériat, son épouse, suivant contrat rédigé par Mᵉ Augustin-Arthur Desprez et Mᵉ Mouchet, notaires à Paris, le 22 février 1860;

2° Qu'elle avait appartenu :

De 1856 à 1860, aux époux Legrand;

De 1842 à 1856, aux époux Séjourné et à leurs héritiers;

De 1837 à 1842, aux époux Samson;

De 1793 à 1837, aux époux Honoré et à leurs héritiers;

De 1763 à 1793, à M. Philippe Rolland et à ses héritiers;

3° Que M. Philippe Rolland l'avait acquise de Pierre-Louis-Augustin Cherret par acte de M⁰ Lejay, notaire à Paris, en date du 7 novembre 1763.

Le contrat de la vente Cherret-Rolland conservé à l'étude de M⁰ Philippot, notaire à Paris, 20, rue Saint-Antoine, indique que la propriété vendue avait été acquise par les époux Chéret, de M. Joseph de Villeneuve, chevalier et marquis de Villeneuve, suivant contrat passé par-devant M⁰ Trutat, notaire à Paris, le 10 mars 1750.

Ce dernier contrat, qui se trouve à l'étude de M⁰ Cocteau, notaire à Paris, 242, boulevard Saint-Germain, porte :

1° Que le marquis de Villeneuve possédait une moitié de la propriété en vertu d'une donation entre vifs avec son épouse, Marie-Mathée Accault (1) et l'autre moitié par suite de l'acquisition qu'il en avait faite de Claude-Jean Accault;

2° Que le tout appartenait à dame de Villeneuve et sieur Acault comme héritiers de Claude Accault, écuyer, conseiller, secrétaire du Roy, maison, couronne de France et de ses finances;

3° Que Claude Accault l'avait acquis de « Nicolas « Delamet (2), écuyer, conseiller secrétaire du Roy, et « dame Marie..... son épouse, suivant acte passé le

---

(1) Marie-Mathée Accault, fille de Claude Accault, Secrétaire du Roi, avait épousé, en janvier 1697, Jacques de Fortia, seigneur du Plessis-Fromentières, baron de Nouan, la Bauberaye et du Chesne, conseiller au Grand-Conseil le 16 mars 1674, président le 21 mars 1704, honoraire le 20 avril 1720, décédé le 12 août 1726, âgé de 70 ans.
Elle se remaria, le 2 septembre 1727, avec Joseph de Villeneuve, seigneur de Puymichel en Provence, chevalier de Saint-Lazare et capitaine de cavalerie. (Dictionnaire de la noblesse par De La Chenaye-Desbois et Badier. Tome 8, page 393.)

(2) De La Met.

« 17 septembre 1706, par devant Cuillerier, qui en a
« gardé la minute, et son confrère, notaires à Paris. »

Le contrat de la vente de La Met-Accault conservé à
l'étude de Mᵉ Leroy Edmond, notaire à Paris, 9, boulevard Saint-Denis, établit :

1º Que la propriété appartenait, de 1694 à 1706, à la
famille « de La Met; en 1694, de mai à juillet, à Pierre
« Feron (1) chevalier, seigneur de La Ferronnaye,
« lieutenant-colonel du régiment de Cayeux, et à dame
« Françoise de La Motte, son épouse; de 1678 à mai
« 1694, à la tante de Pierre Feron, dame Marie du
« Vouldy, veuve de Pierre Clapisson d'Ulin, secrétaire
« du Roy, controlleur général de l'artillerie de
« France »;

2º Que Mme Clapisson l'avait acquise de dame Marie
Le Doux, veuve d'Antoine Bilin, par contrat passé
par-devant Savalete et son confrère, notaires, le 13 juin
1678;

De ce dernier contrat, conservé à l'étude de Mᵉ Robineau, notaire à Paris, 75 *bis*, boulevard de Clichy, il
résulte que M. Antoine Bilin avait acquis cette propriété de « Mᵉ Guichard de Laffemas, escuyer, cy-
« devant conseiller du Roy en sa Cour du Parlement
« de Mets, en son nom, Messire Charles Désir (2), che-
« valier, seigneur et baron de Soucy, gentilhomme
« ordinaire de la Chambre du Roy, en son nom, à
« cause de dame Jeanne de Laffemas, son épouze,
« Maximilien de Laffemas, escuyer, conseiller et

(1) Pierre Ferron, chevalier, seigneur de La Ferronnays.

(2) Charles de Ficte, seigneur de Souci, chevalier de l'ordre
du Roi, Gentilhomme ordʳᵉ de sa chambre, avait épousé, le
24 juillet 1639, Jeanne de Laffemas, fille d'Isaac de Laffemas,
conseiller du Roi en ses Conseils d'Etat et privé, maître des
Requêtes ordʳᵉˢ de son hôtel et lieutenant civil des Ville,
Prévôté et Vicomté de Paris. (Armorial général de France,
d'Hozier, tome 1, page 238.)

« maistre d'hôtel ordinaire du Roy, damoiselles Angé-
« lique-Marie et Valentine de Laffemas, filles, jouis-
« santes de leurs droits aussy en leurs noms, Messire
« Octavien Vudedey, chevalier, seigneur comte de
« Vezelay, et dame Charlotte Le Sage, son épouse, en
« leurs noms, à cause de la ditte dame, et Monsieur
« M° Guillaume de Beauvais, chevalier, seigneur de
« Liniel, et autres lieux, conseiller du Roy en ses Con-
« seils et cy-devant en sa cour de Parlement, tant en
« son nom que comme tuteur de Claude de Beauvais,
« fils mineur de luy et de deffunte dame Charlotte de
« Laffemas, jadis son épouze, auparavant veuve de
« Monsieur M° Nicolas Le Sage, vivant chevalier, sei-
« gneur de Sainte-Honorine, et suivant l'advis des
« parens dudit mineur, et encore dans les sus-nommez
« se faisans fors de dame Catherine de Laffemas, veuve
« de deffunt Messire Germain Courtin, vivant seigneur
« de Tanqueux, conseiller du Roy en ses Conseils et
« secrétaire de Sa Majesté; par contrat en forme d'es-
« change passé par devant Gallois et Cousins, notaires
« au Châtelet de Paris, le dix-septième jour de novem-
« bre mil six cent soixante-cinq ».

VIII

Maison sise à Nogent-sur-Marne

Rue Charles VII, n° 17

Après avoir établi par des actes et documents authentiques que les propriétés de Mme veuve Smith situées
rue Charles VII, nᵒˢ 16 et 14, n'ont jamais appartenu
à M. Le Febvre, intendant des Menus plaisirs du roi
en 1721, il nous a paru nécessaire de connaître les origines de celle de Mme veuve Guillet, rue Charles VII,
n° 17, qui nous avait été indiquée comme ayant pu
appartenir à M. Le Febvre.

Il résulte d'un acte reçu le 25 mai 1867 et conservé à
l'étude de Mᵉ Thouvenot, notaire à Fontenay-sous-Bois,
que cette maison appartient à la famille Guillet depuis
le 25 fructidor, an 12 (12 septembre 1804), et qu'à
cette date, Louis-André Guillet et Justine-Madeleine-
Marguerite Voche, son épouse, l'ont acquise de
M. Louis Dorigny, suivant contrat passé par-devant
Mᵉ Faucher, notaire à Paris.

Ce contrat, conservé à l'étude de Mᵉ Moyne, notaire
à Paris, 7, rue Laffitte, porte que l'immeuble a appartenu :

Du 23 fructidor an VII (9 septembre 1799) au 12 septembre 1804, à la famille Dorigny;

De 1787 à 1799, à M. Claude Nicolas François;

De 1767 à 1787, à Mme de Saint-Liébault;

Et que Mme de Saint-Liébault l'a acheté, suivant contrat passé par-devant Mᶜˢ Laideguive et son confrère, notaires à Paris, le 14 août 1767, au fondé de procuration de M. Augustin Deviennois, prêtre chanoine de l'église de Saint-Pierre de Vienne, seul héritier de Jacques Deviennois.

Le contrat de la vente de Viennois de Saint-Liébault indique que la maison a appartenu, de 1762 à 1767, à Augustin Deviennois sus-désigné;

De 1754 à 1762, à Jacques-Antoine de Viennois, chevalier de Saint-Louis et colonel d'infanterie;

En 1754, à Nicolas Ancellet, qui l'avait fait construire sur l'emplacement de trois propriétés.

L'une de ces propriétés avait appartenu à Jean-François-Robert Secousse, curé de Saint-Eustache, qui l'avait acquise des frères Michel et Louis Camus-Destouches, le 10 décembre 1714. Elle avait été vendue avec une propriété voisine à M. Ancellet par M. Secousse, neveu de M. Secousse précité, suivant acte reçu le 25 janvier 1736 par Mᵉ Perret, notaire à Paris. Cet acte, conservé à l'étude de Mᵉ Aron, notaire, 28, avenue de l'Opéra, à Paris, indique que l'une des susdites propriétés était « cy-devant appellée Hôtel seigneurial de Nogent ».

Une autre avait appartenu à Jean de Montmartre et Marie Barisson, sa femme, qui l'avaient vendue audit Nicolas Ancellet par contrat passé le 24 mai 1736, par-devant Mᵒ Jaine et son confrère, notaires à Paris, contrat conservé à l'étude de Mᵉ Henri Morel d'Arleux, notaire à Paris, 35, faubourg Poissonnière, et indiquant que l'immeuble appartenait aux vendeurs Jean de Montmartre et Marie Barisson, sa femme, au moyen de l'acquisition qu'ils en avaient faite de Denis Barisson, meunier à Lagny-sur-Marne, par contrat passé par-

devant Jean Froissart, tabellion de Nogent, le 23 novembre 1718.

Enfin, la troisième propriété était un jardin appartenant à Charles Blot et sa femme et à Nicolle Blot qui
l'avaient vendue audit sieur Ancellet, suivant contrat
passé par-devant Mᵉ Cornet et son confrère, notaires à
Paris, le 11 février 1754. Ce jardin, d'une contenance
de « dix perches », avait été acquis par Jean-Jacques
Blot (dont Charles et Nicolle Blot avaient hérité), moitié de Joseph Fontaine en 1734 et l'autre moitié de
Louise-Françoise Le Preux en 1736.

L'immeuble situé au n° 17 de la rue Charles VII n'a
donc pas non plus appartenu à M. Le Febvre.

IX

Maison sise à Nogent-sur-Marne

Grande-Rue, n° 76

(Maison de M. LE FEBVRE)

La maison de Mme Guillet n'étant pas celle de M. Le Febvre, nous avons continué nos recherches et nous avons découvert aux Archives nationales, série S, n° 1864, un plan sur lequel sont écrits, à l'endroit où se trouve actuellement la maison de Mme veuve Pagis, Grande-Rue, n° 76, les mots « Propriété de M. Lefebvre ».

Nous avons alors recherché et consulté les actes de vente successifs de cette propriété.

La commune de Nogent-sur-Marne a échangé, en 1888, une parcelle de terrain lui appartenant contre une parcelle de la propriété sur laquelle se trouve la maison située 76, Grande-Rue, appartenant à M. l'abbé Brun, maison que nous appellerons désormais la « *Maison de M. Le Febvre* ».

Le contrat passé le 15 mars 1888, par-devant Mᵉ Ferrand, notaire à Nogent-sur-Marne, entre la commune et l'abbé Brun, porte :

I. Que la propriété appartenait à *M. Brun*, en sa qualité de légataire universel de *Madame Marguerite Dumas, veuve de M. Géraud Bouchery;*

II. Que ce même immeuble dépendait de la communauté entre M. et Mme Bouchery, au moyen de l'acquisition que M. Bouchery en avait faite au cours de ladite communauté de M. Charles-Philippe Collin et

Mme Gabrielle-Palmyre Benoît, son épouse, et de M. Pierre-Joseph-Jules Collin, suivant acte reçu par Mᵉ Hubert, notaire à Paris, et son collègue, le 17 février 1851;

III. Qu'il avait appartenu :

1° A *MM. Collin*, comme l'ayant recueilli dans les successions de *M. Jean François Vincent Maurice* et de Mme Joséphine-Charlotte-Virginie Péclet, son épouse, dont ils étaient légataires universels, conjointement avec M. Péclet;

2° A *M. Jean François Vincent Maurice* et à Mme Joséphine-Virginie-Charlotte Péclet, son épouse, pour l'avoir acquis conjointement de *Mme Elisabeth-Marie Armet, veuve de M. Barthélemy Guiton*, suivant contrat passé par-devant Mᵉ Morel d'Arleux et son collègue, notaires à Paris, le 27 janvier 1835;

3° A *Mme veuve Guiton*, au moyen de l'acquisition qu'elle en avait faite de *M. François-Nicolas Chopin* et dame Marie-Louise Bellet, son épouse, suivant contrat passé par-devant Mᵉ Morel d'Arleux et son collègue, notaires à Paris, le 1ᵉʳ septembre 1834;

4° Aux *époux Chopin*, par suite de l'acquisition qu'ils en avaient faite de *M. Jean-Pierre Hardy*, suivant contrat passé par-devant Mᵉ Bellot et son collègue, notaires à Prais, le 3 mai 1831;

5° A *M. Hardy*, au moyen de l'acquisition qu'il en avait faite de *M. Antoine-Eustache Colin*, fils aîné, au nom et comme fondé de la procuration authentique de *Mme Marie-Catherine-Victoire Labbé*, sa mère, veuve de M. Eustache Colin, suivant contrat passé par-devant Mᵉ Grenet, notaire à Vincennes, et Mᵉ Herbelin, l'aîné, le 28 décembre 1822;

6° A *Mme veuve Colin*, par suite de l'abandon qui lui en avait été fait par acte passé par-devant ledit

Mᵉ Herbelin et son collègue, notaires à Paris, le 29 décembre 1819.

IV. Que *M. Eustache Colin père* avait acquis ledit immeuble de *M. Antoine Français*, suivant contrat passé par-devant ledit Mᵉ Herbelin et son collègue, notaires à Paris, le 13 novembre 1815.

D'après ce dernier contrat, conservé à l'étude de Mᵉ Breuillaud, notaire à Paris, 323, rue Saint-Martin, la maison vendue à *M. Eustache Colin* par *M. Antoine Français*, « comte, grand-officier de la Légion d'honneur, commandant de l'ordre de la Réunion », appartenait audit *M. Français* comme l'ayant acquise de *M. Louis-Paul d'Autremont*, par contrat passé par-devant Mᵉ Massé, qui en a la minute, et son collègue, notaires à Paris, le 14 germinal, an 13.

Le contrat de la vente Dautremont à Français, conservé à l'étude de Mᵉ Brisset, notaire à Paris, 85, boulevard Malesherbes, indique :

1° Que la maison vendue à *M. Antoine Français*, « conseiller d'Etat, directeur général des Droits réunis », par *M. Louis-Paul Dautremont*, appartenait à ce dernier qui en était devenu adjudicataire par jugement rendu à l'audience des criées du Tribunal civil de 1ʳᵉ instance de la Seine, le 3 frimaire, an 13, sur l'enchère déposée au greffe le jour de la 1ʳᵉ publication par l'avoué de dᵐˡˡᵉ *Charlotte-Sophie Renneville*, célibataire majeure;

2° Que ladite dᵐˡˡᵉ *Renneville* était propriétaire de cette maison comme faisant partie des biens immeubles par elle acquis de *Jean-Baptiste Rameau*, « ancien procureur fiscal du ci-devant bailliage de Plaisance à Nogent-sur-Marne », par contrat passé par-devant Rameau qui en a minute et son collègue, notaires à Paris, le 10 mai 1788;

3° Que M. *Rameau* avait acquis ladite maison de *Marie-Jean-Antoine-Nicolas Carita de Condorcet*, par contrat passé par-devant Raffeneau de Lute et son collègue, notaires à Paris, le 4 décembre 1780;

4° Que M. *Carita de Condorcet* en était propriétaire comme l'ayant acquise de d^lle *Marie-Michelle Lempereur de Montjé*, par contrat passé par-devant Bernard et son collègue, notaires à Paris, le 6 septembre 1775.

D'après le contrat de la vente Lempereur de Montjé à de Condorcet, conservé à l'étude de Me Massion, notaire à Paris, 58, boulevard Haussmann, la maison vendue à « Messire Marie-Jean-Antoine-Nicolas Decarita, marquis *de Condorcet*, inspecteur général des monnoyes de France, secrétaire perpétuelle de l'Académie des sciences », par « d^lle *Marie-Michelle Lempereur Demontjé* », appartenait à cette dernière au moyen de l'acquisition qu'elle en avait faite du sieur Pierre-Joseph Lebon, comme seul et unique héritier du sieur Julien Lebon, suivant contrat passé par-devant Me Gibert et son confrère, notaires à Paris, le 21 octobre 1763.

Le contrat de la vente « *Lebon à de Montgay* » (ou Montjé), qui est conservé à l'étude de Me Godet, notaire à Paris, 49, rue des Petites-Ecuries, et que nous avons consulté pour la première fois le 9 février 1909, ainsi que M. Mithouard pourra s'en assurer, indique que la maison et ses dépendances vendues à « dame Marie-Michelle Lempereur, veuve du s^r Marc-Antoine de Montgay » (1), par « Pierre-Joseph Lebon, maître perruquier à Aurillac, seul héritier du sieur Julien Le Bon, son cousin germain, controlleur des payeurs des gages de la Chambre des comptes de Paris », apparte-

(1) Dans l'acte de vente de Montjé à de Condorcet, il est dit que c'est par erreur si, dans le présent contrat, la d^lle de Montjé a été qualifiée de veuve du s^r Marc-Antoine de Montjé.

naient au sieur Le Bon « comme les ayans acquis par contrat passé devant Mᶜ Brochant et son confrère, notaires à Paris, le 18 mars 1750, de M. Philippes Lefebvre, conseiller du Roy, trésorier général des maisons et finances de la Reine, auquel ladite maison et dépendances appartenaient comme seul héritier de M. Philippes Lefebvre, son père, qui les avait acquis du sieur Louis Le Roy, marchand bourgeois de Paris, et de dame Claude Liégeois, son épouse, par contrat passé par-devant De la Leu et son confrère, notaires à Paris, le 23 août 1718 ».

Nous avons donc retrouvé l'emplacement exact de la maison possédée en 1721 par M. Le Febvre et nous avons prouvé en même temps que le peintre Watteau n'a jamais habité l'une des propriétés de Mme Smith et qu'il est mort au n° 76 de la Grande-Rue.

D'ailleurs, les deux extraits ci-dessous corroborent une fois de plus notre affirmation.

Extrait de la déclaration faite le 9 août 1733 par M. Le Febvre fils, déclaration inscrite au registre conservé aux archives nationales (série S, n° 1903, page 116).

« Pardevant ledit Coiffier fut présent Messire Phi-
« lippe Le Fèvre, intendant des affaires de la Chambre
« du Roy, demeurant à Paris, cloistre Saint-Germain-
« l'Auxerrois, susditte paroisse; étant de présent en sa
« maison située en ce lieu de Nogent-sur-Marne, seul
« et unique héritier de deffunt sieur Le Fevre, son
« père, lequel audit nom reconnoit et confesse être à
« présent détempteur, propriétaire et jouissant d'une
« grande maison consistante en un grand corps de
« logis de fond en comble couverte de thuilles, consis-
« tante en salles, chambres, cuisines, greniers au-des-
« sus, cave, écuries, remise de carosse, grande cour
« devant, basse-cour, logement de jardinier avec autres

« aisances et dépendances avec un jardin au-devant de
« laditte maison planté en parterre clos au-dessous
« planté en arbres fruitiers et potager avec une ter-
« rasse *au-dessous de laquelle est un nouveau clos*
« *depuis peu fait par le dit sieur reconnaissant conte-*
« *nant environ deux arpens cinq perches* (1), le tout
« clos de murs, tous les dits lieux ainsy qu'ils se pour-
« suivent et comportent scituez audit Nogent-sur-
« Marne, *en la Grande Rue dudit lieu*, tenant d'une
« part à Monsieur Doulcet et audit sieur reconnaissant,
« à cause de l'acquisition qu'il a fait de Claude Héri-
« court et sa femme, et aux vignes de la Muette, d'au-
« tre part à la *petite ruelle de la fontaine* de Monsieur
« de Grandvilliers et à la rue du Préau, autrement dit
« la Ruelle Tortue, aboutissant par devant sur *la*
« *Grande Rue dudit* Nogent et par bas sur la ditte
« Ruelle Tortue... »

Extrait de l'acte de vente Le Roy à Le Febvre, passé
par-devant De La Leu et son confrère, notaires à
Paris, le 23 août 1718, et conservé à l'étude de
M⁰ *Robineau, notaire à Paris, 75, boulevard de*
Clichy.

« Furent présents :
« Sieur Louis Le Roy, marchand bourgeois de Paris,
« et dⁱˡᵉ Claude Leliégeois, son épouse, qu'il autorise à
« cet effet, demeurant à Paris, rue des Lavandières, pa-
« roisse de Saint-Germain-l'Auxerrois. Lesquels ont par
« les présentes, vendu, cédé, quitté, etc...
« à
« M. Philippe Le Febvre (2), conseiller du Roy,

(1) Il s'agit de la pièce de sainfoin mentionnée sur le plan
entre la propriété de M. Le Febvre et la ruelle Tortue, que,
d'après l'avis du service technique compétent, traverserait la
voie projetée (rectification de la route départementale n° 20).
(2) Cette orthographe est conforme à celle de la signature de
M Le Febvre.

« intendant et controlleur général de l'Argenterie,
« menus plaisirs et affaires de la Chambre de Sa Ma-
« jesté, garde des pierreries de la couronne, greffier
« de l'ordre militaire de Saint-Louis et trésorier géné-
« ral des Maison et finances de feue Madame la Dau-
« phine, demeurant à Paris, rue Beautreillis, paroisse
« Saint-Paul, à ce présent et acceptant, acquéreur pour
« lui, ses hoirs et ayants-causes :

« Une grande maison à porte cochère size au village
« de Nogent-sur-Marne, consistant en cours, basse-
« cours, escuries, remise de carosse, une salle basse,
« cuisine, billard, grand corps de logis entre cours et
« jardin, un autre corps de logis en aisle sur laditte cour,
« Jardin...auquel jardin l'on va par une terrasse et où l'on
« alloi ci-devant par une arcade audessus d'une ruelle
« qui est à présent comprise dans lesdittes terrasse et
« jardin, auquel jardin il y a une porte charretière qui va
« sur une place adjugée à la d^lle Legendre sus-nommée
« par arrest de la Cour, laditte place conduisante à
« main droitte à la fontaine et à la ruelle qui joint
« laditte place laquelle est comprise en la présente
« vente, ainsi que le tout se poursuit et comporte, etc...
« tenant d'un côté à M. Doucet et aux vignes de la
« Muette, d'autre à la *petite ruelle de la fontaine* et à
« Mme de Fremont, par bas aux terres cy-après et par
« *devant sur la grande rue dudit lieu de Nogent.* Plus
« une pièce d'avoyne, cydevant en pré et sainfoin (1)
« estante ensuitte dudit jardin bas contenant deux ar-
« pents ou environ, tenant d'une part au jardin de
« ladite dame de Fremont, d'autre part à plusieurs par-
« ticuliers, par haut au susdit clos et par bas à la rue
« qui conduit dudit Nogent au Moulin de Beauté.

« Les dittes maison et dépendances et laditte pièce

(1) Il s'agit de la pièce de sainfoin mentionnée sur le plan
entre la propriété de M. Le Febvre et la ruelle Tortue.

« d'Avoyne appartenant auxdits sieurs et d^{lle} Le Roy
« au moyen de la vente qui leur en a été faite par
« hault et puissant seigneur Messire Jean Le Camus,
« chevalier, conseiller du Roy en ses Conseils, lieute-
« nant civil de la ville, prévosté et vicomté de Paris,
« par contrat passé devant Janson et Richard, notaires
« à Paris, le 18 juin 1704.

« Auquel seigneur Le Camus ils appartenaient au
« moyen du legs qui lui en a esté fait par deffunte
« d^{lle} Marie Legendre, fille majeure, par son testament
« remis à Desnotz et Doyen, notaires à Paris, le 13 jan-
« vier 1695, et à laquelle d^{lle} Legendre le tout appar-
« tenait au moyen de l'acquisition qu'elle en avait faite
« de Messire Pierre Dugué et de Messire Liérosme, Le
« Ciron et autres par contrat passé par-devant Le Caron
« et Galloys, notaires à Paris, le 8 may 1664. »

X

Le lecteur a lu dans le chapitre précédent que la
maison sise Grande-Rue, n° 76, a appartenu, de 1695
à 1704, à M. *Jean Le Camus.*

Or, nous trouvons ce qui suit dans la *Biographie
Michaud.*

« CAMUS (Jean Le), frère cadet du cardinal (1), conseil-
« ler de la Cour des aides, puis maître des requêtes,
« intendant en Auvergne, et enfin lieutenant civil au
« Châtelet de Paris, exerça pendant quarante ans cette
« dernière charge avec la réputation de l'un des plus
« intègres et des plus habiles magistrats de son siècle.
« Il mourut le 28 juillet 1710, âgé de 73 ans. Il a fait
« des notes sur la coutume de Paris, dont Ferrière (2)
« enrichit la seconde édition de sa compilation de tous
« les commentateurs de cette coutume, 1714, 4 vol.
« in-fol. Le Camus publia aussi les « Actes de Notoriété
« du Châtelet », dont Denisart donna une nouvelle
« édition avec des notes, 1769 in-4°. »

Nous devons ajouter que Jean Le Camus était fils de
Nicolas Le Camus, conseiller au Grand Conseil, procureur général de la Cour des aides en 1631, puis conseiller d'Etat en 1632, et intendant de l'armée en Italie
et en Languedoc, décédé en 1637, et petit-fils de Nicolas
Le Camus, secrétaire du Roi en 1617, puis conseiller
d'Etat en 1620 (Dictionnaire historique de Moréri,
tome III, page 115).

(1) Camus (Etienne Le), cardinal-évêque de Grenoble, né à
Paris en 1632 (Biographie Michaud).

(2) Ferrière (Claude de), né à Paris en 1639 (Biographie
Michaud)

M. Le Camus, Lieutenant civil, figure à l'almanach royal de 1707, page 108.

M. Le Camus des Touches, « controlleur général, à l'arsenal », figure au même almanach, page 119, dans la liste des « Grands officiers de l'artillerie ».

Le lecteur a lu également, dans le chapitre VI, que la maison située rue Charles VII, n° 16, a appartenu, en 1713 et 1714, aux frères *Camus* des Touches.

Le Dictionnaire historique de Dezobry et Bachelet donne cette biographie d'un des frères Camus des Touches.

« DESTOUCHES (Louis Camus, chevalier), né en 1668,
« mort en 1726, entra jeune au service et s'y distingua
« dans l'artillerie. Il remplit, à l'armée de Flandre,
« pendant les années 1710-1712, les fonctions de com-
« missaire général de cette arme et reçut une blessure
« grave au siège de Douai, en 1712. Depuis, il servit
« en Allemagne et fut nommé, en 1720, contrôleur géné-
« ral de l'artillerie, charge créée pour lui. Pendant la
« campagne de Flandre, il avait connu Fénelon qui le
« prit en amitié et lui écrivit dans ses quatre dernières
« années un assez grand nombre de lettres, à la fois
« sévères et enjouées. (V. lettres et opuscules inédits de
« Fénelon, Paris 1850, in-8°). Le chevalier Destouches
« était un homme adonné à la bonne chère et au plai-
« sir. D'Alembert fut le fruit de ses liaisons avec
« Madame de Tencin. Ses contemporains l'appelaient
« Destouches-Canon, pour le distinguer de l'auteur
« dramatique » (1).

La similitude du nom *Camus* est probablement la cause de l'erreur commise en 1855 par M. le marquis de Perreuse dans sa brochure « Nogent-sur-Marne ».

_____

(1) Destouches (Philippe, Néricault), né à Tours en 1680 (Dictionnaires historiques de Moreri et de Dezobry et Bachelet).

Nous avons dit dans la préface de cette brochure qu'une feuille de renseignements prouvant que la propriété de Mme Smith n'est pas celle où mourut Watteau a été remise à tous les conseillers généraux de la Seine avant la séance du Conseil général du 10 février 1909.

Cependant des journaux, le *Figaro*, la *Liberté*, l'*Indépendant de Paris*, viennent encore d'écrire le contraire.

Le *Figaro* du 9 octobre 1909 :

Pour les Paysages de France sous la signature : Régis Gignoux.

« ..... Du Nord au Sud, et de l'Est à l'Ouest, notre
« patrimoine fut sauvé : l'île Bréhat....... et ce parc
« de Watteau, à Nogent-sur-Marne, que notre infati-
« gable confrère, M. André Hallays, sauva de la trouée
« projetée pour faire un boulevard à M. le conseiller
« général Blanchon... »

La *Liberté* du 22 octobre 1909 :

La Protection des Paysages, sous la signature
« Claudien Ferrier ».

« Les membres du Congrès international pour la Pro-
« tection des Paysages sont allés, hier, voir à Nogent-
« sur-Marne le *magnifique parc dit de Watteau, que*
« *domine la maison où le « peintre des fêtes galantes »*
« *est mort le 18 juillet 1721.*

« M. Charles Normand, l'érudit président des Amis
« des Monuments et des Arts, a dit aux assistants com-
« ment, *répondant à l'appel de Mme Smith*, la Société
« pour la Protection des Paysages de France et la Com-
« mission du Vieux-Paris *ont entrepris une campagne*
« *qui a sauvé le « parc de Watteau » menacé de des-*
« *truction partielle par la création d'un tramway.*

« Puis il a rappelé les souvenirs qui rendent chers
« aux artistes ce parc superbe et la maison qui le
« domine. Watteau, qui était atteint de la phtisie pul-
« monaire, dut, en 1720, revenir d'Angleterre, où le cli-
« mat avait encore aggravé son état de santé. Il accepta
« alors l'hospitalité que son ami Lefèvre, intendant des
« Menus-Plaisirs, lui offrait, dans une maison qu'il
« possédait à Nogent, dans le plus riant des paysages,
« sur une hauteur au pied de laquelle coule la Marne.

« Watteau y passa quelques mois qui eussent été
« heureux si son mal n'avait continué de progresser. ».

L'*Indépendant de Paris* du 30 octobre 1909 :

Le Premier Congrès des Amis de la Nature.

« Le voici terminé ce premier congrès des Amis de
« la Nature et de l'Histoire qu'organise la Société fran-
« çaise pour la protection des paysages et avec un plein
« succès.

« Et quel enchantement pour les touristes que la
« visite de cette belle propriété située *16, rue Charles*
« *VII* et sur le mur extérieur de laquelle est apposée
« une plaque de marbre blanc où se lit cette inscrip-
« tion :

ANTOINE WATTEAU
PEINTRE DES FÊTES GALANTES
né à Valenciennes, le 10 octobre 1684
est mort dans cette maison
le 18 juillet 1721

« Au bas du perron d'où l'on domine le parc merveil-
« leux sur lequel se reposèrent les derniers regards de
« l'artiste, les congressistes écoutèrent, charmés, la
« familière causerie au cours de laquelle M. Charles
« Normand, président de la Société des *Amis des mo-*

« *numents*, leur rappela l'histoire de cette mai-
« son, vendue en 1713 par Destouches, qui y passa
« ses meilleures heures aux côtés de Mme de Tencin,
« à Lefèvre, intendant des menus plaisirs du roi (1).

« Celui-ci, grand admirateur de Watteau, en offrit la
« jouissance au peintre, lorsqu'il revint d'Angleterre
« au début de l'hiver de 1720, presque mourant de la
« phtisie pulmonaire que le climat froid et humide de
« Londres avait aggravée. Lefèvre espérait que l'air pur
« et vivifiant de ce beau parc, dévalant en amphithéâtre
« vers la Marne, permettrait à l'artiste de rétablir sa
« santé, mais il était trop tard, et la belle demeure ne
« put abriter que les quelques mois de vie de Watteau,
« qui peignit jusqu'à son dernier moment et data de
« là son « Concert à la campagne » dans lequel il repré-
« senta Pierrot dansant le menuet sous les traits même
« du curé de Nogent, aux secours religieux de qui il
« faisait pourtant appel. C'est de là aussi que l'artiste
« data ses plus sarcastiques des dessins par lesquels il
« se vengeait de la Faculté qui le laissait mourir.

« Et ce n'est pas sans peine, ajouta M. Charles Nor-
« mand, que l'on a pu sauver cette propriété, si artis-
« tiquement belle, de la trouée que des mains barbares
« y voulaient faire pour le passage d'un tramway qui
« l'eût défigurée. »

---

(1) Les frères Destouches l'avaient acquise le 10 Avril 1713 et ils l'ont vendue à l'abbé Secousse le 10 Décembre 1714.

D'après la « Nouvelle Biographie Générale » de Firmin-Didot frères, Mme de Tencin a quitté le chapitre de Neuville, près de Lyon, dont elle était chanoinesse pour venir à Paris, vers 1714, puis elle eut plusieurs aventures avant de connaître le Cheva-lier Destouches.

Il est donc fort probable qu'elle ne vécut pas dans la propriété de ce dernier.

Conclusion

D'après les textes cités dans cette brochure et empruntés à des livres que nous tenons à la disposition de nos lecteurs, le grand peintre Watteau est mort le 18 juillet 1721, à Nogent-sur-Marne, dans la propriété de M. Le Febvre, intendant des Menus et trésorier de la Reine, chez lequel il habitait depuis quelque temps.

Or, il résulte d'autres textes, extraits d'actes authentiques dont les expéditions sont à la Mairie de Nogent-sur-Marne, que la propriété de M. Le Febvre est celle qui appartient actuellement à Mme veuve Pagis et qui est située Grande-Rue, n° 76.

Watteau n'a donc jamais habité l'une ou l'autre des deux propriétés de Mme Smith, sises rue Charles VII, nᵒˢ 14 et 16, et c'est à tort que le parc de Mme Smith est appelé par certains « le parc de Watteau ».

La véritable parc de Watteau est celui de Mme veuve Pagis. Aussi, dans l'intérêt de la vérité historique, nous demandons qu'il soit posé sur le mur du n° 76 de la Grande-Rue de Nogent-sur-Marne une plaque de marbre avec cette inscription :

ANTOINE WATTEAU
PEINTRE DES FÊTES GALANTES
né à Valenciennes, le 10 octobre 1684
est mort dans cette maison
le 18 juillet 1721

E. B.

Pièces annexées

1° Délibération du Conseil municipal de Nogent-sur-Marne en date du 25 octobre 1908. (Avis après enquête sur le projet de rectification de la route départementale n° 20.)

2° Extrait du procès-verbal de la réunion du 23 novembre 1908 de la Commission départementale des Sites et Monuments naturels.

3° Plan de Nogent-sur-Marne dressé par le Chapitre de Saint-Louis du Louvre vers l'année 1725.

4° Carte des environs de Paris, dressée en 1740 par l'abbé De La Grive.

5° Planche contenant :

I. Plan de Nogent-sur-Marne dressé en 1900 et corrigé en 1907.

II. Plan de la propriété Smith, 16, rue Charles VII, dressé en 1723.

III. Plan de cette propriété établi sur l'ordre de M. Santerre, qui en fut propriétaire de 1883 à 1895.

IV. Plan de ladite propriété dressé en 1896.

CONSEIL MUNICIPAL

(Séance extraordinaire du 25 Octobre 1908)

AVIS après enquête sur le projet de rectification de la Route départementale **N° 20**.

LE CONSEIL MUNICIPAL,

Vu l'arrêté de M. le Préfet de la Seine en date du 17 septembre 1908 prescrivant simultanément à Paris, à Nogent-sur-Marne et au Perreux, du 28 septembre 1908 au 19 octobre 1908 inclus, l'enquête administrative dans les formes établies par l'ordonnance royale du 18 février 1834, sur l'avant-projet relatif à la rectification de la route départementale n° 20 à Nogent-sur-Marne, entre la rue Jacques-Kablé et la place Félix-Faure à Nogent, et l'avenue de Bry au Perreux;

Vu les plan carte, plan général, profil en long, profil en travers type, notice explicative et estimative et le rapport constituant ledit projet;

Vu le certificat du Maire de Nogent-sur-Marne en date du 22 septembre 1908 constatant que l'avis de cette enquête a été publié dans toute l'étendue de la commune et affiché aux endroits accoutumés;

Vu la délibération en date du 9 décembre 1900 par laquelle le Conseil municipal de Nogent demande l'élargissement de la Grande-Rue;

Vu là délibération en date du 21 juillet 1901 par laquelle le dit Conseil municipal émet le vœu que le Conseil général veuille bien :

1° Prendre en sérieuse considération le projet d'ouvrir un chemin de grande communication de 20 mètres de largeur qui ferait suite à l'avenue de Bry, prendrait naissance sur la rue Jacques-Kablé, traverserait la rue du Port, la rue Agnès-Sorel, la rue Baüyn-de-Perreuse, passerait à mi-côte, emprunterait une partie de la rue François-Rolland et irait aboutir à la place Félix-Faure en se raccordant avec l'avenue de Vincennes;

2° De mettre ce projet à exécution le plus promptement possible;

Vu la délibération en date du 20 décembre 1902 par laquelle le Conseil général décide qu'une somme de 2.165.000 francs provenant de l'emprunt départemental serait attribuée à la rectification de la route départementale n° 20 entre la rue Jacques-Kablé et la place Félix-Faure;

Vu la loi du 12 février 1904, promulguée au *Journal Officiel* le 21 février suivant, autorisant le département de la Seine à contracter un emprunt de 200 millions dont il s'agit pour l'exécution de travaux désignés sur une liste où figure le projet de rectification de la route départementale n° 20;

Vu la délibération en date du 19 juin 1904 par laquelle le Conseil municipal exprime le regret que les finances communales ne lui permettent pas de faire participer la commune dans la dépense d'établissement du boulevard demandé (le département demandait à la ville une somme de 433.000 francs payable en 10 annuités et rien ne pouvait alors faire supposer que les deux Compagnies dont il va être question feraient des offres de subvention à la commune), malgré les nombreux avantages que ce projet présente pour la population de la contrée sud-est de Paris et malgré son vif désir de voir ouvrir cette importante voie publique qui contribuerait pour une très large part à rendre la circulation plus facile dans la Grande-Rue de Nogent;

Vu la lettre en date du 15 mars 1907 transmise à la Mairie le 26 octobre 1907, et celle du 6 février 1908 reçue le 7 février 1908, lettres faisant connaître que le Conseil d'administration de la Compagnie des Chemins de Fer Nogentais s'engage à verser à la ville de Nogent-sur-Marne une subvention de 100.000 francs en annuités de 4.000 francs pour participation de ladite Compagnie dans les frais d'établissement du boulevard à créer;

Vu les lettres en date du 20 novembre 1907 et 7 février 1908 informant M. le Maire que le Conseil d'administration de la Société de Sport de France s'engage à verser à la ville de Nogent-sur-Marne une subvention de 200.000 francs en annuités de 7.500 francs pour participation de ladite Société dans les frais d'établissement du boulevard projeté;

Vu la délibération du Conseil municipal en date du 11 février 1908 approuvant l'établissement d'un boulevard entre la place Félix-Faure et la rue Jacques-Kablé, demandant que le projet de ce travail lui soit soumis et s'engageant à verser en 25 annuités au département pour l'exécution du projet une subvention de 433.000 francs dont une partie (300.000 francs) sera remboursée à la commune par la Compagnie des Chemins de Fer Nogentais et la Société de Sport de France;

Vu sa délibération en date du 21 juin 1908 demandant que le tracé de la voie projetée soit modifié à l'endroit où elle présente la forme d'une S;

Vu la délibération en date du 8 juillet 1908 par laquelle le Conseil général considère que par sa dernière délibération le Conseil municipal de Nogent a demandé une modification du projet, qu'il importe de consulter

sur cette question les populations intéressées et de fixer
le plus tôt possible le tracé définitif, invite l'administration à soumettre à l'enquête réglementaire le projet
susvisé;

Vu le procès-verbal d'enquête ouvert à la Mairie le
28 septembre 1908 et clos le 19 octobre 1908, destiné à
recevoir les observations sur l'avant-projet dont il s'agit
et contenant 80 déclarations en faveur du projet, 35 déclarations contraires au projet, 5 déclarations sur
feuilles volantes en faveur du projet et une pétition de
437 signatures contraires au projet;

Vu le rapport favorable au projet présenté le 14 septembre 1908 au nom de la Commission des voies et
moyens de communication de la Chambre de Commerce de Paris et adopté par ladite Chambre de
Commerce;

Considérant que l'établissement d'un boulevard entre
la place Félix-Faure et la rue Jacques-Kablé — ou
rectification de la route départementale n° 20 — demandé par délibérations du Conseil municipal de
Nogent-sur-Marne en date des 21 juillet 1901, 19 juin
1904 et 11 février 1908, et par délibérations du Conseil
général en date des 20 décembre 1902 et 8 juillet 1908
n'a été, jusqu'à cette dernière date, l'objet d'aucune
protestation;

Considérant que le compte rendu des travaux du
Conseil municipal pendant la période 1900-1904, envoyé
en avril 1904 à tous les électeurs de Nogent-sur-Marne,
rappelait la délibération sus-visée du 21 juillet 1901;
que pendant la période électorale de 1908 toutes les
listes en présence avaient inscrit l'établissement du
boulevard dans leur programme; que pendant ces deux
périodes électorales de 1904 et 1908, aucune protestation
ne se fit entendre contre le projet; que si pendant la

période électorale de 1908 il en fut question, ce fut, au contraire, parce que certains électeurs, ne tenant pas compte des garanties qui devaient être exigées pour le versement des subventions de la Société du Champ de Courses et de la Compagnie du Chemin de Fer Nogentais, prétendaient que le Conseil municipal n'engageait pas assez vite la ville dans la participation de la dépense;

Considérant qu'il existe à Nogent plus de 4.000 contribuables et que des protestations ont été faites par 472 personnes seulement dont certaines ont signé plusieurs fois;

Considérant que dans une enquête d'utilité publique les abstentionnistes étant considérés comme favorables au projet faisant l'objet de l'enquête, il en résulte que le nombre des protestataires représente une faible minorité de la population de la ville;

Considérant qu'une pétition contre le projet déposée à la Préfecture de la Seine est signée par 54 personnes dont presque toutes ont signé la pétition hostile au projet et déposée à la Mairie;

Considérant que plusieurs protestations émanent de propriétaires (et de leurs employés ou domestiques) dont les propriétés sont traversées par le tracé de la voie projetée;

Considérant que leur désir très légitime de vouloir conserver intactes leurs propriétés ne peut cependant empêcher la réalisation d'un projet d'intérêt général;

Considérant que le projet aura pour résultat : 1° de supprimer dans la Grande-Rue la circulation des voitures servant au transport des ordures ménagères, voitures qui ont déjà causé plusieurs accidents mortels; 2° de permettre aux tramways nogentais de beaucoup mieux desservir différents quartiers du Val de Beauté et du Port de Nogent; 3° de donner un facile accès audit

6

port dont les travaux d'agrandissement sont presque terminés;

Considérant que contrairement aux dires de certains protestataires les raccordements de la voie projetée avec les voies adjacentes sont prévus et compris dans le projet et seront exécutés aux frais du département et que notamment la rue Carnot qui actuellement prend fin rue Baüyn-de-Perreuse accédera audit boulevard;

Considérant que l'idée de plusieurs protestataires d'améliorer les ruelles de Nogent en employant les fonds affectés au projet est mal fondée, attendu que la somme de 1.732.000 francs affectée par le Département au projet ne peut être détournée de sa destination que par une loi spéciale et que d'ailleurs les fonds départementaux ne peuvent être affectés à l'exécution de travaux communaux;

Considérant qu'en cas de non-exécution du projet la dite somme de 1.732.000 francs pourrait être affectée à des travaux nécessaires dans une autre commune du département de la Seine;

Considérant que, contrairement à l'opinion de plusieurs protestataires, si la somme de 2.165.000 francs prévue pour l'exécution du boulevard est dépassée, la subvention de 433.000 francs demandée à la commune ne sera pas augmentée;

Considérant que l'exécution ou la non-exécution du boulevard n'aura aucune répercussion sur les contribuables qui devront toujours payer les centimes additionnels départementaux relatifs à l'emprunt départemental de deux cents millions de francs;

Considérant qu'il n'est nullement démontré que le centre du commerce de Nogent soit déplacé;

Considérant que la circulation dans la Grande-Rue

est rendue difficile les jours de courses et que certains commerçants de la Grande-Rue, qui ont protesté contre le projet, se sont plaint plusieurs fois en 1907 que les voitures de courses éclaboussaient leurs devantures les jours de pluie;

Considérant que le marché central n'aura pas à souffrir de l'établissement de la voie projetée qui ne pourra qu'en faciliter l'accès aux ménagères et aux commerçants;

Considérant qu'une large voie ne peut que donner de l'essor à une ville et augmenter ses ressources;

Considérant que beaucoup de protestataires ne visent pas l'utilité publique du projet, mais le tracé en ligne courbe ou bien le dommage qui leur sera causé;

Considérant que le tracé par l'avenue Victor-Hugo, l'avenue du Val-de-Beauté et la rue Hoche et le tracé par la Grande-Rue et la rue des Jardins, demandés par certains protestataires du tracé ayant été soumis à l'enquête, sont irréalisables au point de vue technique ou financier;

Considérant que pour faire disparaître du tracé actuel la partie en S il faudrait établir dans le « Trou de Beauté » un remblai de 11 mètres qui rendrait impossible la construction de maisons voisines ou bien un viaduc qui occasionnerait une importante augmentation de dépenses à la charge de la ville;

Délibère à l'unanimité, en l'absence de M. Kirbühler et au scrutin public,

Maintient sa délibération du 11 février 1908 approuvant l'établissement d'un boulevard entre la place Félix-Faure et la rue Jacques-Kablé;

Regrette que le tracé n'ait pu prendre une direction plus oblique à partir du bureau d'octroi de la place Félix-Faure, aboutir plus tôt à la rue François-Rolland et suivre cette voie par un viaduc en ligne droite entre l'avenue Suzanne et la rue de Beauté;

Donne un avis favorable à l'exécution, dans le délai le plus restreint en raison de la sécurité publique, du tracé soumis à l'enquête;

Et s'engage à verser au Département pour l'exécution dudit projet une subvention de 433.000 francs qui ne pourra être augmentée sous aucun prétexte.

Ont voté pour :

MM. Brisson, maire, Thévenard, 1er adjoint, Tierce, 2e adjoint, Raguin, Sévin, Culot, Quéhan, Saron, Doucet, Paupelin, Vercher, Gilles, Robin, Lefèvre, Cailleux, Albassier, Roché, Heuzé, Gaudron, Ancellet, Gourgeois, Polton, Boudet, Barbaux et Dubosq.

Préfecture du Département de la Seine

COMMISSION DÉPARTEMENTALE

DES SITES ET MONUMENTS NATURELS

(Loi du 21 Avril 1906)

Séance du 23 novembre 1908

La Commission se réunit à l'Hôtel de Ville de Paris, siège de la Préfecture de la Seine, dans la salle des Commissions du Secrétariat général, le lundi 23 novembre, à 10 heures du matin.

Présents :

MM. *De Selves*, Préfet de la Seine, Président;

Marquez, Président du Conseil général de la Seine;

Quentin-Bauchart, conseiller municipal de Paris;

Hétier, Inspecteur général des Ponts et Chaussées, chargé des Services ordinaire et vicinal du Département de la Seine;

Leddet, Conservateur des Eaux et Forêts (1re circonscription. Seine);

Edouard Detaille, Membre de l'Institut, Président de la Société des Artistes Français;

Augé de Lassus, Publiciste;

Willette, Artiste peintre;

André Hallais, Publiciste;

Mahieu, Ingénieur des Ponts et Chaussées, secrétaire.

Assistent à la séance :

M. *Magny*, Directeur des Affaires départementales, et M. *de la Soudière*, Chef du Bureau des Travaux Publics du Département de la Seine.

La séance est ouverte à 10 heures du matin.

. . . .

M. *le Préfet*, Président, expose qu'il a été saisi d'une demande présentée par Mme Schmidt, habitant à Nogent-sur-Marne dans une maison habitée jadis par Watteau et tendant à obtenir le classement de sa propriété.

Cette propriété, située sur la rive droite de la Marne, comporte une maison d'habitation et un parc y attenant d'une contenance d'environ 13 hectares. Désireux de faciliter les relations de Paris et Nogent avec Joinville-le-Pont et Champigny, le Conseil général de la Seine et la ville de Nogent ont décidé de rectifier la route départementale n° 20 et de la faire passer au travers du parc de Mme Schmidt. Cette dernière a toujours protesté contre cette opération qui doit modifier, selon elle, toute la physionomie du site.

M. *Willette* déclare ne *pas connaître* la propriété de Mme Schmidt, mais *il la sait très belle et très digne d'intérêt*.

M. *Detaille* observe *que la maison habitée par Wat-teau* n'est pas touchée par le projet du chemin et que seul le parc est coupé.

M. *Hallais* ne *croit pas que la Commission puisse examiner le point de savoir si le chemin projeté va ou non couper la perspective et modifier le site naturel constitué par l'ensemble de la propriété Schmidt. A son avis, la Commission doit aujourd'hui simplement dé-clarer si, oui ou non, la propriété doit être classée. Ce n'est que si le classement est prononcé qu'elle doit être appelée à étudier la question de savoir si l'exécution de la nouvelle route peut être admise sans ruiner le site.*

M. *Hétier* estime *difficile de ne pas examiner dès maintenant la question en entier*, car LA DEMANDE DE CLASSEMENT NE PARAÎT AVOIR ÉTÉ FAITE QUE POUR EMPÊ-CHER L'EXÉCUTION DU CHEMIN SUIVANT LE TRACÉ PROJETÉ.

MM. *Hallais* et *Quentin-Bauchart* exposent que, pour tout classement, la situation sera identique en ce sens que la Commission n'aura jamais à classer que des sites menacés. Elle n'a pas aujourd'hui à discuter la ques-tion de savoir si telles ou telles rampes, tel ou tel rem-blai abîmeront ou non la propriété, mais bien à sta-tuer sur le point de savoir s'il faut ou non classer *ce site admirable de la vallée de la Marne.*

M. *Augé de Lassus* signale que la propriété a d'ores et déjà été divisée en deux parties par une rue de la commune; la partie supérieure appartient à Mme Schmidt qui en demande le classement, et la partie inférieure, qui s'étend jusqu'à la Marne, appartient à sa fille qui en demande aussi le classement. Il rappelle aussi que, de l'enquête générale faite auprès des com-munes, il résulte que ces dernières, et, en particulier,

Joinville et Saint-Maur, souhaitent le classement de l'ensemble des bords de la Marne.

Paris va, dans un avenir prochain, déborder sur la banlieue dans cette région et les habitants seront, à cette époque, enchantés de trouver au milieu des agglomérations un vaste espace comme la propriété Schmidt dans un site merveilleux. Il y a donc un intérêt supérieur à sauvegarder dès maintenant cette propriété et à la classer, puisque la loi et les instances des propriétaires le permettent.

M. *Hétier* demande quel serait *l'intérêt pratique du classement;* Mme Schmidt et sa fille pourraient *en demander ultérieurement le déclassement.*

M. *Hallais* répond que cette éventualité n'est pas à craindre. Mme Schmidt et sa fille ayant, par lettre du 6 novembre 1908, offert à M. le Ministre de l'Instruction Publique et des Beaux-Arts et à M. le Sous-Secrétaire d'Etat aux Beaux-Arts de donner gratuitement leur propriété à l'Etat sur l'assurance que rien ne serait modifié de leur aspect actuel et qu'elles en jouiraient, elles et leur enfant, leur vie durant.

Lecture est donnée de cette lettre qui est versée au dossier.

M. *Hétier* demande *si le classement peut enlever la possibilité de créer au travers de la propriété un chemin qui en facilitera l'accès et permettra de la mieux voir.*

M. *Hallais* répond *que le classement une fois fait, il sera loisible à l'Administration de faire des propositions à la Commission en faveur de la création d'un chemin.*

M. *Hétier* signale qu'*il y a trois années, le site était absolument inconnu du public et il ne peut croire que la création d'une voie nouvelle soit de nature à lui nuire à un degré quelconque. Est-ce le rôle de la Commission de ne pas favoriser au public le moyen d'accéder aux sites et monuments naturels.*

M. *Hallais* répond que, de tout temps, les promeneurs qui canotent sur la Marne ont eu *la vue des arbres de la propriété Schmidt* et il assure *qu'une partie de ces arbres seront détruits pour laisser passer la nouvelle route.*

Il y a dix ans, une première trouée a été faite pour la création du chemin qui sépare aujourd'hui les deux propriétés; on veut maintenant en exécuter une seconde à 150 mètres de la première et il n'est que temps de s'y opposer, le lotissement de l'ensemble devant fatalement résulter de ces trouées.

M. *Hétier* estime *qu'il est parfaitement possible d'exécuter une route qui ne modifierait pas l'aspect des lieux.*

M. *Hallais* résume ses propositions précédentes et demande le classement immédiat; la Commission verra après si le projet de route modifie l'aspect des lieux et s'il doit ou non être accepté.

M. *Quentin-Bauchart* appuie cette proposition.

M. *Leddet* demande *s'il n'y aurait pas lieu pour la Commission, avant de statuer, de désigner une Sous-Commission chargée de se rendre sur place.*

M. *Quentin-Bauchart* rappelle que déjà la Commission du Vieux-Paris a envoyé sur place une Sous-Commission dont deux membres font partie de la Commission des Sites.

M. *le Président* résume la discussion et rappelle les propositions faites :

Celle de M. *Hétier, demandant qu'avant de se pro-*

*noncer sur le classement, la Commission l'entende sur
le mode d'établissement de la route projetée;*

Celle de M. *Hallais* demandant le classement avant
tout.

La proposition de M. *Hétier* est repoussée par six
voix contre deux; celle de M. *Hallais* est adoptée par
six voix.

En conséquence, M. le Président annonce que la
Commission décide de proposer à M. le Ministre de
l'Instruction publique et des Beaux-Arts le classement
immédiat de la propriété de Mme Schmidt et de sa fille,
à Nogent, aux conditions de leur lettre du 6 novembre
1908.

. . . .

La séance est levée à 11 heures 30.

Le Président,

Signé J. DE SELVES.

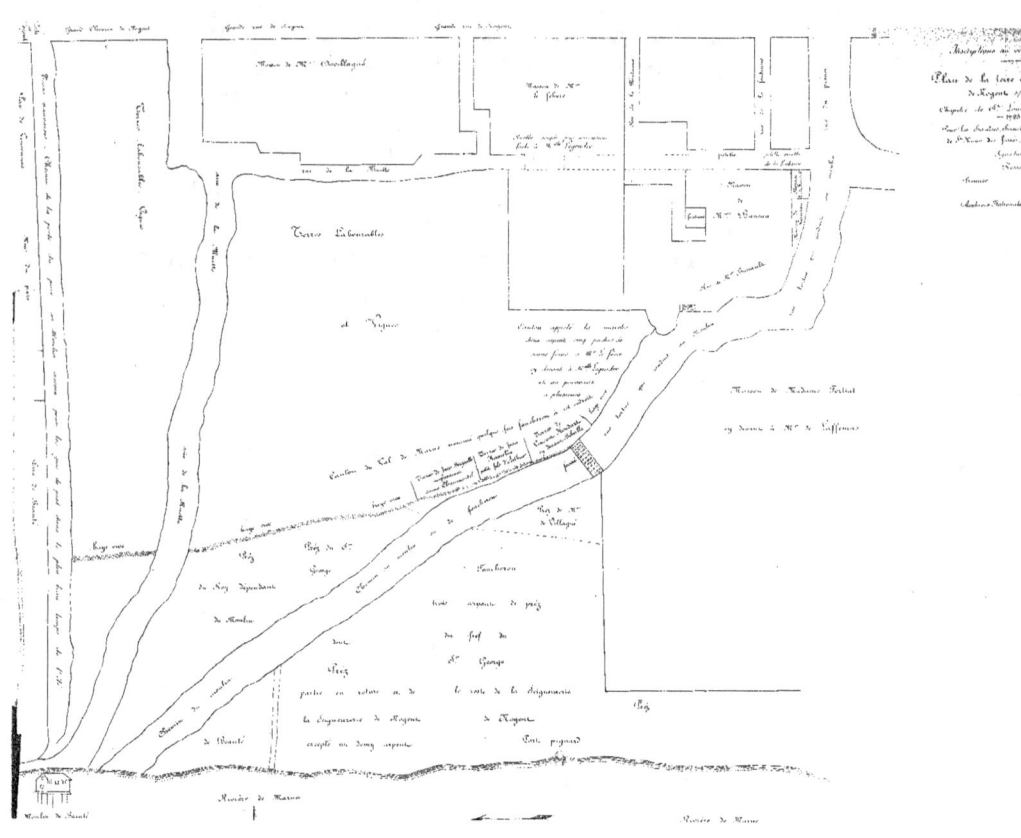

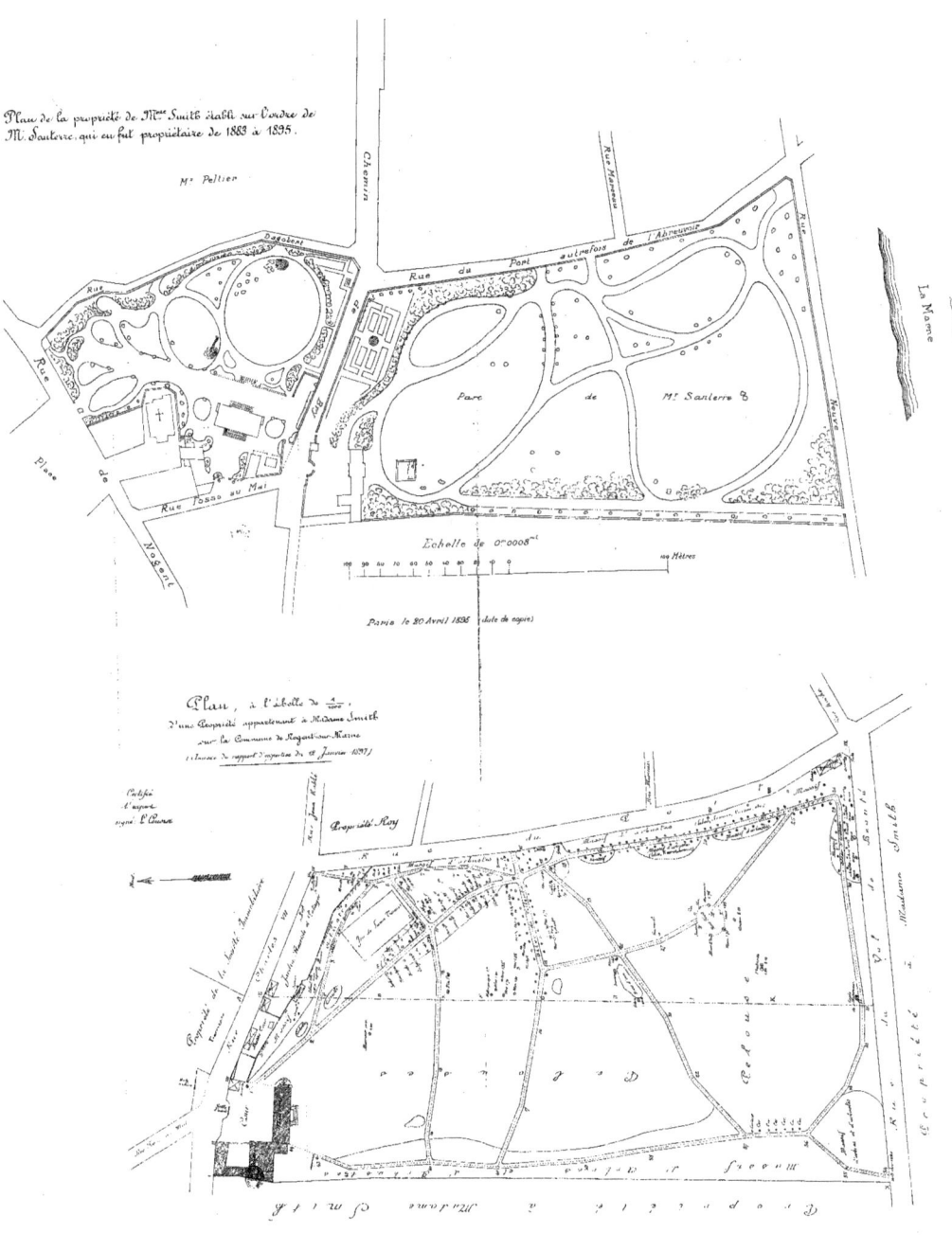

Plan de la propriété de M.me Smith établi sur l'ordre de M. Santerre qui en fut propriétaire de 1883 à 1895.

M.r Peltier

Chemin

Rue Dagobert

Rue

Rue du Pont autrefois de l'Abreuvoir

Rue Navaux

La Marne

Rue

Parc   de   M.r Santerre

Place   de   Nogent

Rue Pavée au Mai

Echelle de 0m0008

100 90 80 70 60 50 40 30 20 10   100 Mètres

Paris le 20 Avril 1896 (date de copie)

Plan, à l'échelle de 1/1000.
d'une propriété appartenant à Madame Smith
sur la Commune de Nogent-sur-Marne
(d'après le rapport d'expertise du 18 Janvier 1897)

Certifié
l'exposé
signé L'Expert

Propriété Roy

Propriété de la Société Immobilière

Propriété de Madame Smith

Plan de Nogent-sur-Marne dressé en 1900 et corrigé en 1907.

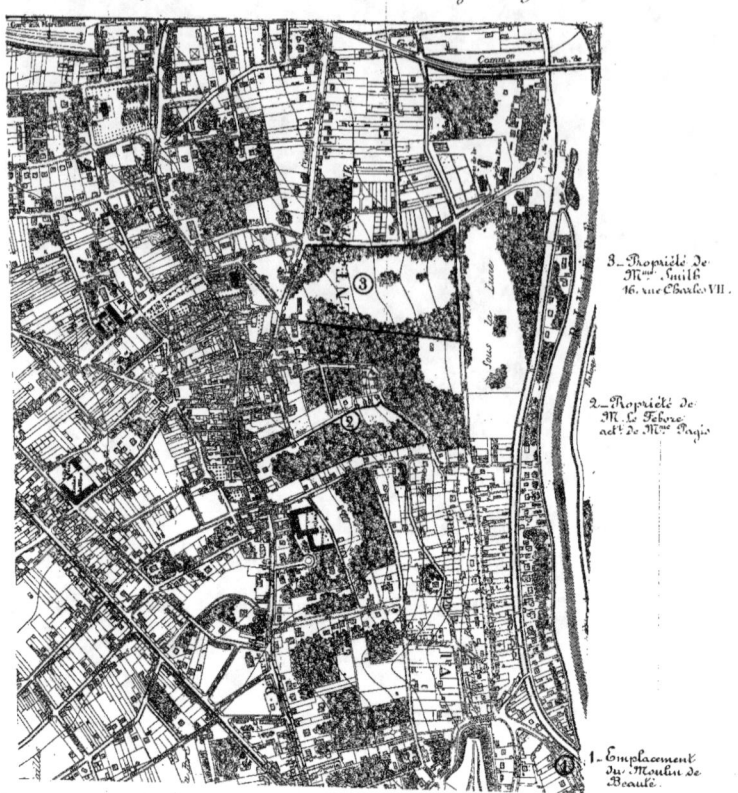

3 — Propriété de
M⁻ Guilé
16. rue Charles VII.

2 — Propriété de
M. Le Febvre
act. de M⁻ Pagis

1 — Emplacement
du Moulin de
Beauté.

Réduction à l'Echelle de 1/1000
du plan levé sur les lieux le 7 Avril 1738 par P. Sanry
Architecte Ingénieur et dessinateur des Jardins du Roy.
et annexé à la convention du 8 Octobre 1726.

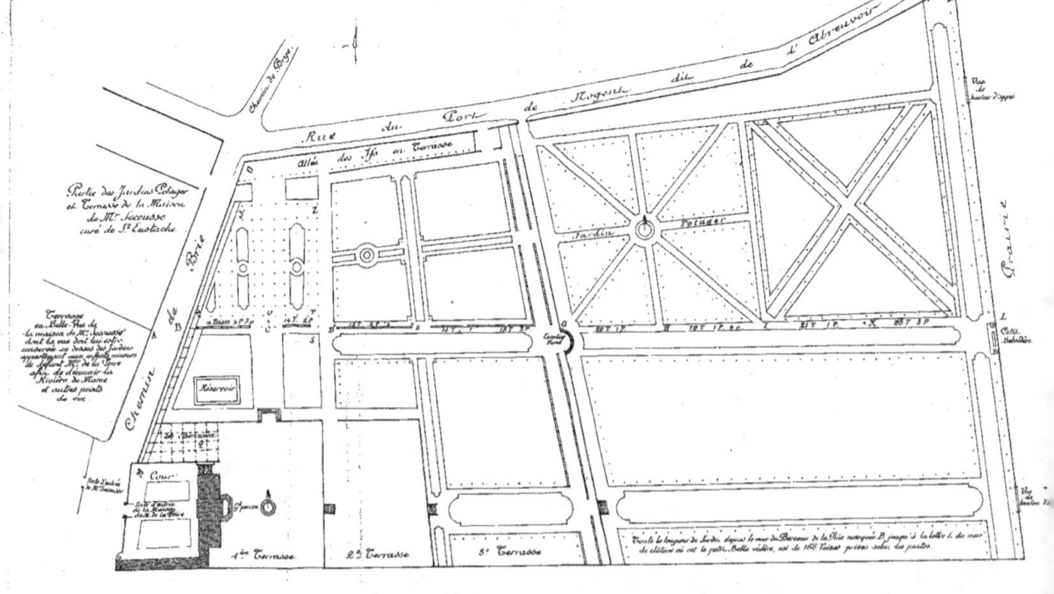

www.ingramcontent.com/pod-product-compliance
Lightning Source LLC
Chambersburg PA
CBHW060437260626
47161CB00005B/1966